私の生涯教育実践シリーズ'12

日本が〃生き抜く力〃—今、私ができること

正誤表

本書の内容に一部誤りが生じましたので、お詫びして訂正いたします。つきましては、ご面倒でも次のとおり読み替えてご利用いただきますようお願い申し上げます。

〈序章9頁　7行目（最終行）〉

誤	正
パパのへそくり	ババのへそくり

私の生涯教育実践シリーズ'12

日本が〝生き抜く力〟

——今、私ができること

(公財)北野生涯教育振興会［監修］
森 隆夫／耳塚寛明［編］

ぎょうせい

まえがき

自然が本気（本音）で怒っている、と思われるような事態が続いている。

東日本大震災、大津波、原発事故に加え、ここ数年来の異常気象等と「**自然の本音**」がひしひしと伝わってくる昨今である。

これに対し、人間の方はといえば、千年に一度の大災害なら千年に一度の知恵を総結集し対処しなければならないのに、ただただウロウロとして戸惑っているようで、その〝様《さま》〟は「**人間の弱音**」として映る。

この危機に際し、人間一人一人がどう考え、何ができるかという本音を主張してもらう、それが本年度のテーマの由来である。

生き抜く底力は、急に発揮されるものではなく、日常の美徳に支えられていてこそ生まれるものであり、また、苦難にさらされたときに、ただ頑張れ、頑張れだけでなく、人間の弱さ苦しみを「ほほえみ」で乗り切ろうとする武士道精神も必要なのである。それらを『震災川柳』（南三陸町）という形で刊行した例等、生き抜く底力を活性化するヒントを入選作から読みとっていただければ幸である。

なお、本書は昨年度の『私の望む日本―行動する私』の続編としての意味をもっているので、併せて参考にしていただきたいと思う。

本書の刊行に当り深い御理解と御協力をいただいた北野生涯教育振興会の北野重子理事長に心から深甚の謝意を表するものである。

最後に出版社ぎょうせいの方々に御世話になったことにたいしても厚く御礼申し上げる次第である。

平成二十四年十月吉日

編者　森　隆夫

目次

第一章　自然の怒り、人間の戸惑い

第二章　苦難なときの〝ほほえみ〟がバネに

序章　自然の本音と人間の弱音

自然の本音と人間の弱音

お茶の水女子大学名誉教授
日本教育文化研究所所長　森　隆夫

一、人間には生きる義務がある

人間として、この世に生を受けた以上、「生きる義務」がある。ところが、現実は日常的に権利を主張することが多いので、ここで敢えて「生きる義務」に目を向けてみることにした。

ちなみに権利については、「健康で文化的な最低限度の生活を営む権利」（憲法第二十五条）等があり、義務についても「教育、勤労、納税」の義務等が規定されてはいる。以上は、理念だが、現実に「生きる義務」とは具体的にどういう生き方をする義務なのかである。それは「正しく」生きる義務である。「正しく」とは、心の中に「義」を基準として生きていくということに尽きるが、問題は「義」とは何かということになる。

「義」とは「羊」に「我」と書くことからも分かるように「羊」は「美」「善」を表わすので、立派な人間、すばらしい生き方をすること、他人に迷惑をかけないことが義だと説くのは、裏千家前家元・千玄室氏である注①。司馬遼太郎は「たのもしく」生きることといっている。

なお、「義」に関しては昨年度の入選論文の「義を見て為《な》さざるは勇なきなり」注②は十七歳の高校生としては圧巻であったが、「勇なきなり」というから、それでは「勇」を生むのは何かと問い続けなければ、実践できない。それは、勇を生むのは『志』であると思う。

つまり、志を持つことで、義に基づき正しく生きる義務が果たせるのだといえよう。

さらに「義」について分かるまで考え続けたい人には、昨年度の「私の望む日本――行動する私」の終章（山田雄一教授）に詳しく、かつ分かりやすく説かれているので、読み続けていただきたい注③。

要するに、人間には正しく生きる義務があるということだが、実はそれは大変なことなのである。「厳《いか》めしい」ことだと自覚する事が必要である。

平穏なときにはそのことに気付かず、苦難や危機に直面して、漸《ようや》くそのことに気付くことになるが、それは物事の肝要なる本質は限界状況に陥らないと分からないのだという人間の弱さというか愚かさを表わしている。

それにつけても、東日本大震災は千年に一度といわれ、想定外（まさか）の大災害であり、それに大津波、原発事故に加え、数年来の異常気象である。この一大危機に人間は慌《あわ》て、ウロウロし、戸惑い徒《いたず》らに時を過している今日の姿は、自然の本音（怒り）に対し、人間の弱音（戸惑い）として映る。

千年に一度の想定外《まさか》の大災害なら、これに対するには千年に一度の大智恵が必要という自覚なしにはこれに対処できないと知るべきなのである。さもないと想定外《まさか》の嘆きを将来も繰り返すことになりかねない。

これからは、千年分に匹敵する知恵がないと、生き抜けないのである。

二、苦難なときにこそ「ほほえみ」を—武士道—

「頑張って」「頑張って下さい」という言葉が、大震災後、飛び交った。

当時の総理をはじめ多くの人々が、被災地を訪れ「頑張って下さい」といっていた。

これに対して、心を打たれたのは陛下の言葉である。被災者と同じ目線で、まず、「大変でしたね」「御苦労さまでした」と『共感』の意を表わされた後、「頑張って下さい」といわれた様子がテレビで放映されていたのをみて、感動した人も多いと思う。ただ頑張って下さいと繰り返すのは、何か他人事のような気がしないでもないのに対して、被災者の心に寄り添って『共感』の意を表わした後の「頑張って下さい」という言葉から元気をもらったような気になったと被災者も述べている。

また、震災直後に動きだした米軍の「友達作戦」は「頑張れ」を行動で示していたのだともいえる。

共感は絆の基礎でもあるが、苦難なときこそ、それに打ち勝つために「ほほえみ」が必要だと武士道は説く。

「日本人は、人間として持っているもろもろの弱さが、最も過酷な試練にさらされたとき、ほほえもうとする」（新渡戸稲造『武士道』）注④

「ほほえみ」とは「ふくみ笑い」というか苦がみ笑いというか、困難なときにみせるゆとりの表われともいえるが余り長く笑っていてはいけない。「十分の一秒間」ぐらいがいいという人もいる注⑤。しかし、苦難に陥り暗い気持になったとき、笑いの心、ユーモアの心がなくては試練も乗り切れないのだといわれると凡人としては「ハット」する。

三、震災川柳―南三陸町―

そのことを実証するかのように、東日本大震災後一ケ月位して、「震災川柳」という小冊子を刊行したのは南三陸町である。「震災川柳」が生まれた理由を、発案者であった自治区の町内会長はつぎのように語っている。

「地域の方々が、毎日やはり暗いんですね。集合しても誰が亡くなった、とか凄く悲しんで沈んだ顔で話している。私（町内会長―筆者注）の話を誰も聞いてくれない。これでは、ちょっと、と。明るくなってすっと笑えるものがあればいいのかな、と勝手に思って、それで、何人かに声を掛けてみたのが最初で。四月十日に「今日の一句」ということで、募集を開始したんです」注⑥

このように三月十一日の震災後一ケ月を経て暗い気持を明るくしようとして生まれたのが「震災川柳」なのである。

最初の日は誰も応募してこなかったので、提案した町内会長自ら詠んだのが、

「ぼけぼうし　桜の花も　電気待つ」

「震災で　流れた車　さびしそう」

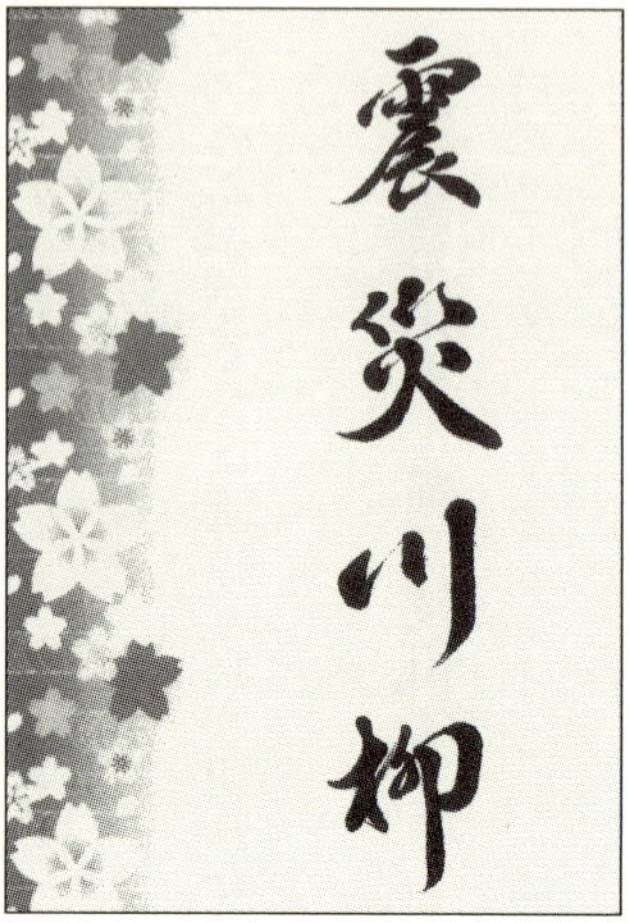

その後、応募がふえていく。二、三紹介すると、

「震災で　得意の右手サビついた」

この意味は、右手はパチンコのハンドルを

握る手と知ると、思わず笑ってしまう。

「困ってます　救援物資で　嫁が欲しい」

「すっぴんで　外に出る日がくるなんて」

「久し振り　スッピン同志で　だれだっけ」

困難なときの女性らしさの弱みをユーモアで乗り越えようとする姿が詠みこまれている。

お金に関するものとしては、

「大津波　パパのへそくり　泥の中」

「残ったぞ　一本松と　家のローン」

さらに、生き抜く心持ちとして、

「前向きに生きたいけれど　前どっち?」

「復興は　あせらずいこうぜ　みなの衆」

「桜より　みんなの努力が　美しい」

「満開の桜に負けぬ　笑顔かな」

なお、

「蛇口から　早く聞きたい　水の音」

と生活の苦労の切実さを詠んでいる。

七夕の頃になると、

「天の川　水着で二人　泳ぎたい」

これらの川柳から、「震災川柳」の編者は、その効果をつぎの五つに整理している注⑥。

①震災の出来事を、自然に感情にして出せたことが、現実を受け入れるきっかけになった。
②発表の場面を想像しながら作ることで、頭が活性化された。
③詠まれた時のことを後になって振り返り、気持ちを新たにできた。
④アイデアを出し合うことで、家族のコミュニケーションが深まった。
⑤自分自身は詠まなくても、発表される川柳を聞き、怒りや笑いを皆で共有できた。

要するに、川柳が再生の活力源になったというのだ。「苦難」と「笑い」という一見矛盾したような関係を、心理学では「ユーモアの不調和理論」というそうだが、ここで不調和の意味は、ユーモアの定義として有名な「にもかかわらず笑う」ということを指している。苦難にもかかわらず笑っているからである。

またユダヤでは、「賢い人程　よく　笑う」という諺もある。

ここでの「賢い」の意味は、ユーモアは、①広い知識、教養と、②連想力、の二つの条件が備わっていないとユーモアもいえないし、ユーモアも理解できないということである。

震災自体が、自然の不調和なのだから、人間の心も不調和になる。それを和げるために「震災川柳」が生まれたのだともいえる。

このように考えてくると、一般的にも心の不調和は笑いで調和しようといえるような気もする。

いずれにしても、次の一句の

「川柳が広めたものは明るい気持ち」

が復興のバネになっているのだと思う。

四、日常の美徳あってこそ―生き抜く基礎―

大震災、大津波、原発事故……等は、想定外であったといわれる。

想定外とは、「まさか」ということであるが、人間、未来（明日を含め）を百パーセント予測できない以上、想定外（まさか）はいつ起きるか分からないのだから、平時においても日頃から「まさか」への対応を心得ておかねばならないのである。

しかし、平穏が長く続くと、心はゆるみ、少々の想定外《まさか》である小さな出来事に出会っても、これは、一寸我慢すれば、あの平穏で安全で、安心できる暮らしに戻れるのではないかという思い込みに陥る。これを心理学では「日常への偏見」といわれている。

このいつか日常性へ戻るという甘い考えが、大きな想定外《まさか》に直面したときにも、頭をだしかねないから困るのだ。

したがって、我々は日頃から、想定外《まさか》への対応を考えその対応の訓練をしておかなければならないのであり、それが防災教育なのである。その際、歴史の教訓、先人の知恵にまさるものはないのだが、そのひとつが、今日の東日本大震災で如実に示された「てんでんこ」である。

つまり、これは一人一人が「てんでんばらばらに逃げる」という意味だが、これが大きな「まさか」という危機的状況における考えなのである。平時に各自てんでんばらばらでは、秩序が保てなくなるので、「てんでんこ」を消極的に理解している人もいる。

というわけで、防災教育の専門家は、単に「てんでんこ」という表現は誤解を招きかねないので、「津波てんでんこ」というべきだといっている注⑦。

では、想定外《まさか》への対応はどうすればよいのか、大方の人は、そのときには頭が真白になり、どうしたらよいかと一瞬、戸惑ってしまう。

「まさか」のときこそ、「トッサの判断」が必要なのである。それも「適確な判断」である。「トッサ」で「適確な判断」という二つの行動が、瞬時のうちに出来る人は、そう多くないと思う。それは、瞬間的に応用問題を解くようなものである。応用問題は、基礎基本ができていてこそ解けるものである。

したがって、「まさか」への対応の基礎は、日常生活のなかにあるということになる。基礎的生活習慣の知恵が身に付いていれば、「まさか」の応用問題への対応に役立つのだ。例えば、日頃から、人間として、自立（自律が前提）していれば、まさかの危機に対しても「主体的に」行動（自助）、つまり、「てんでんこ」ができる。「自助」ができてこそ他人を助ける「共助」が可能なのである。

この「自助」（スマイルス）の精神と実践力が一人一人にあれば、家族の一人一人、親も兄弟等も「自助」で「てんでんこ」で助かると信じ（信頼も絆）、まずは一人で逃げる、それが「津波てんでんこ」の真意と理解したい。

即ち、日常的な「美徳」あってこそ、「まさか」への対応ができるということになる。また、このことは、日常管理ができているからこそ、危機管理への途も開けるのだといってもよいだろう。

五、「生き抜く」には「息を抜く」ことも―苦難の中に幸の種をみつける―

頑張れ、頑張れ、だけでは長続きしない、というか、息が続かない。

したがって、一息つく「息抜き」がなくては、「生き抜け」ないという指摘は納得させられる。それは尺とり虫が、体を縮めながら前へ進むようなものかもしれない。

そうした息抜きの表われが、武士道でいう試練のときの「ほほえみ」になり、また、南三陸町の「震災川柳」なのである。

スポーツでもそうだ。試合中は、ファイト、ファイト、で全力を出すが、それにも限界がある。世界的に人気のあるサッカーの試合にも、前半後半に分け、途中で休憩をとるのは、「息抜き」ということになるが、問題は、息抜く間にどうするかである。ただ体を休めるだけでは後半は勝ち抜けないから、前半の反省、後半のまさかへの対策を考えねばならないのである。

また、前半に負けていたチームとしては、ピンチはチャンスと軽々と口だけで言い流すのでなく、ピンチを危機と心得て、そこに後半への勝算の「種」をみつけなければならないのである。

こうした、危機、困難、悲痛などの対処の仕方を、聖書では、悲痛なときにこそ、「喜びの種」をみつけよというのだそうだ。曽野綾子氏は、新訳聖書の「聖パウロの書簡」注⑧に、悲痛なときこそ「喜べ」と命令調で説われていると、命令調に抵抗感を感じながらも、それを肯定し、著書の中でも不幸なときにこそ幸せに思いが至るともいう注⑨。

人間は、困ったとき、落ち込んだとき、ただ自らの立場を嘆くだけでなく、そこに、未来への再生の芽というか、「幸の種」をみつけなければならないのである。

このように考えてくると、軽々しく「ピンチはチャンス」といえないことが分かってくるだろう。「苦あれば楽あり」も、ただなぐさめの言葉ではないことを知るべきだろう。

いずれにしても、難局を生き抜くには「ほほえむ」ゆとり、ユーモア（川柳）がいえるゆとり、「幸せは弱さにある」といった、一見矛盾を感じる「心理的不調和」の介在を経た方が生き抜けるのである。

六、生き抜く基礎と応用

最後に、〝生き抜く〟力が発揮できるのは日常の美徳あってこそであることを強調しておきたい。応募論文にも、日本人の日常的な美しい心があってこそ、難局に直面しても乗り切っていたのだというものが多かった。

つまり、日本人の伝統的な「美しい心」が「生き抜く」力の基礎であり、危機への対処は、応用問題であることは、すでに述べたとおりである。

今日、日本は稀れにみる危機的な応用問題に直面しているが、それを解かねばならないという自覚があるだろうか。それは千年に一度の応用問題であるからといって、解答に千年かかってはならないのである。

基礎あっての応用解決なのだが、その前に日本人の美徳といわれる「美しい心」という「基礎」は具体的に何を指すのかをはっきりさせておかなければならない。武士道精神はその一部だが、曽野氏の人間の基礎という日本人の美徳を紹介しておく。

「日本人全体に基礎学力、勤勉、忍耐の力があり、不幸を撥《は》ね返す創意と意欲を蓄え、正直であった」注⑩

まさに、不幸、難局を撥ね返す創意こそ生き抜く力の基礎基本だが、現実はどうかといえば、まだ人間の弱音しかきこえてこないような気がする。この弱音という不幸の中に、生き抜く「種」「芽」があること、そして、それを実践に移すエネルギーの糧を、次章以下の具体的な体験を通して語っている論文エッセーから読みとっていただきたい。

〔注・参考文献〕

注① 千玄室「『義』を忘れ、『いじめ』蔓延」（産経新聞　二〇一二・九・九）

注② 「私の望む日本――行動する私」（ぎょうせい　二〇一一年）

注③ 山田雄一「思っていることを言える国に――激動の時代を生きた先哲」前掲書一九七頁にて参照

注④ 次代への名言（産経新聞　二〇一二・三・一二）

注⑤ 河合隼雄・養老孟司・筒井康隆「笑いの力」（岩波書店　二〇〇五年）一三頁

注⑥ 「震災川柳」（東北大学　長谷川研究室・若島研究室川柳グループ　二〇一一年）八九頁以下
なお震災川柳については、応募論文「震災と三つの宿題」（奈須野正幸）によるところが大であったことを、この場を借りて感謝いたします。

注⑦ 片田敏孝「命を守る教育」（ＰＨＰ研究所 二〇一二年）
注⑧ 曽野綾子「人間の基本」（新潮社 二〇一二年）一八二頁
注⑨ 曽野綾子「幸せは弱さにある」（イースト・プレス 二〇一二年）二九頁
注⑩ 曽野前掲書「人間の基本」一八三頁

第一章　自然の怒り、人間の戸惑い

ネットの海が繋いだ人の心　被災地、気仙沼大島での医療支援。現地で困難を極めた作業も、ツイッターでの呼びかけに答えた見知らぬ人の協力で救われた。海で隔てられた被災地と周囲を、目に見えないネットの海がしっかり繋いでいたのだ。ふと目にした桜のつぼみを携帯で撮影しネットに載せながら思う。日本の力、日本の魂はこの桜のつぼみのようなものだ。長く寒い冬でも耐え抜き、満開の花を咲かせるだろう。

避難所で見つけた互助　津波で親、兄弟そして住むところも失った。避難所で皆が子供やお年寄りを気遣う姿にふれ、全国から救援のため駆けつけた多くの人たちと出会った。震災をきっかけに、日本人が忘れかけていた互助の精神、絆の大切さを強く甦らせてくれた。何もかも失ったが、これらの善意を胸にしっかり生きていこうと思う。

先人と絆を結ぼう　石巻市「渡波地区」で津波被害に遭った娘家族。周りの人たちとの絆で何とか生き延びることが出来た。津波が娘家族を襲ったと知ったとき、私は地名に込められた先人の叡智に舌を巻いた。子孫の幸せを願う先人の親心が、自然災害の恐怖を地名に刻んだのだろう。今を生きる隣人との絆だけでなく、先人との絆も大切にすべきと思う。

被災地から被災地へ　被災した人を救いたいとの思いから、被災地茨城から被災地東北へ支援に行った。幼い男の子が母親を元気づける姿、震災を受け止めしっかり前に進もうとするその姿に衝撃を受けた。元気を届けに行ったはずが逆に元気をもらった。今の私にできることは震災のことを多くの人に伝えることだ。人を思いやる心を忘れず震災のことをこれからも考えてほしい。

死にたくなったら、旅に出よう　大学生の頃、世界中を旅した。色々な場所で色々な人がそれぞれの人生を送っている。その単純な事実を肌で感じ、狭い世界に囚われていたことに気づき、生きる力を取り戻した。自殺念慮は閉鎖環境で育まれる。心が囚われて自由を失ったら世界を観に行こう。

ネットの海が繋いだ人の心

鹿角　昌平

カーフェリー「ドリームのうみ」は、その日が運行初日だった。はるばる広島から気仙沼へとやってきた小型船は、長旅の疲れも見せずに穏やかな海面を滑る様に進んでいく。目的地の大島まで三十分足らず。海無し県に住む私にとって、潮の香りは不思議な高揚感を惹き起こす。しかし、落ち着かない理由はそれだけではなかった。

船から望む気仙沼港の光景は、悲惨だった。焼け焦げて真っ黒になった重油タンク、突端が海中に沈んだままの桟橋、骨組みしか残されていない工場の群れ…。震災から一ヵ月半では無理からぬことだが、目を覆うばかりの被害状況は、何度接しても慣れるものではなかった。

次第に大島が近づいてくる。隣の席では保健師らしき人が先ほどまで携帯電話で声高に連絡を取り合っていたが、今は一心に何かのリストを凝視している。

そうだ、自分も活動準備をしなければ…。

そう思った時、接岸時の衝撃に注意するようにとのアナウンスが船内に流れ、私は身構えた。


―3・11の衝撃―


その瞬間を、私は長野県のとある公立病院の薬剤師として迎えた。ちょうど震災の前日に五年間勤めた病院からの異動通知を受け、日常業務の傍ら残務整理を始めたところだった。

揺れを感じた当初は次々にテレビで放映される惨状にただ驚くだけだったが、病院から出動する救護班の医薬品準備などに携わるうちに、医療従事者の端くれとして、自分にももっと出来ること、すべきことはないのだろうか、という思いが沸々と湧き上がってきた。千年に一度と言われる大災害。その時代に生まれ合わせながら、このまま傍観者として過ごしてしまって良いのか…。

次第に膨れ上がったその思いは、今まで災害医療にもボランティアにも何ら縁が無かった自分を突き動かした。震災から九日後に日本病院薬剤師会災害ボランティアとして福島県いわき市へ向かったのを皮切りに、年度末の異動直前にも病院救護班として宮城県石巻市で活動し、今回は日本薬剤師会ボランティアとして三回目の被災地入りだった。

一瞬の間をおいて、船は港に接岸した。事前の放送にも関わらず、接岸はスムーズだった。

船から降り立つと、地震による地盤沈下で岸壁すれすれまで上昇した海面から、潮を含んだ風がまともに顔に叩きつけてくる。目の前の陸地に打ち上げられている二隻のフェリーの威容に圧倒されながら、私は大島支所へ向かう車に乗り込んだ。

大島の医療支援は都内の医科大学の救護班が継続的に担っており、そこに薬剤師会ボランティアが加わるという活動形式をとっていた。島で最大の避難所である大島小学校保健室には臨時診療所が設けられ、それまでに活動した幾人もの薬剤師の努力により、ダンボールにより手作りされた薬品棚に三百品目を超える支援医薬品が整然と並んでいた。

しかし、問題は医薬品リストだった。市場に流通している医薬品は数十万種類もあり、成分が同じで品名が異なるものが山ほどある。効率的な支援を行うには、避難所にある医薬品について薬効や成分名からも検索できるリストが必須であるが、医薬品数の増加により手書きリストはもはや限界に達していた。

薬剤師ボランティアの活動拠点となっている気仙沼市内の医薬品卸会社に戻り、応接間の床に敷いた寝袋に潜り込んでからも、天井を見上げながら私は悩んでいた。

この件は前任の薬剤師ボランティアからも、最大の懸案事項として引き継いでいた。臨時診療所にはパソコンがあったが、救護班は午前中の船で大島に渡り、午後の船で帰還しなければならないため、現地で活動出来る時間は限られている。二人の薬剤師ボランティアで調剤作業をしながら手書きリストのデータを打ち込んでいたのでは、帰りの船までの時間内に作業を終えるのは絶望的だった。

と、その時、考えあぐねる私の頭の中に、ふとパソコンの脇にあった小さな機械が浮かんだ。もしかしたらあれはモバイルルーターという機械で、パソコンをインターネットに繋げられるかもしれない。そう言えば、インターネット上では薬剤師の有志によって、災害医療に役立ててもらう為の医薬品画像の一覧表が作られていた。ネットに繋がりさえすれば、あのような形で助けてもらうことが出来るのではないか…。

そんなことを考えながら、私はいつの間にか眠りに落ちていた。

翌日試してみたところ、果たしてパソコンはインターネットに繋がった。

とにかく時間が惜しい。

早速、手書きリストをカメラで撮影し、インターネットにアップした。そして、その画像をデータ化してくれるようツイッターで全国に支援を求めたところ、すぐさま三人の薬剤師が名乗り出てくれた。

画像が見る間にデータ化されて送り返されてくる。あれほど悩んでいた医薬品リストは、二時間ほどであっけなく出来上がり、そのデータを救護班派遣元の大学病院に送ったところ、薬剤部の協力で更に充実した形で完成した。

支援を申し出てくれた三人の薬剤師のうち、お二人は名前も知らず、会ったこともない方だった。一見すると海で隔てられているかに見えた大島と本土だが、目に見えないネットの海は、被災地と周囲をしっかりと繋いでくれていた。

二日間の活動を終えて、大島支所で帰任の申告をした私の目の前に、鮮やかなピンクの花びらが舞い降りてきた。

建物の前に一本の桜が咲いていた。私はその花を携帯電話のカメラに収めた。

震災から一年後の三月十日の夕刻、私は再び大島を訪れていた。ボランティアツアーに参加して日中は陸前高田市で側溝の泥さらいをし、宿泊先が大島だった。以前にお世話になったカーフェリー「ドリームのうみ」は数日前に古里の広島に向かって旅立っており、私が乗ったのは昨年のあの日、大島の陸地に打ち上げられていて復活を果たした旅客船「海来（みらい）」だった。

宿で自転車を借りて向かった大島小学校は全く平常に戻っており、多数の人々が避難していた当時の喧騒を思い起こさせるものは何も残っていなかった。しかし、その隣の大島中学校の校庭は仮設住宅で埋まっており、復旧から復興へ至る道のりの険しさを感じさせられた。

次に立ち寄った大島支所には、土曜日の夕刻にも関わらず事務室には沢山の人が集まっており、その中に救護班の応対をして頂いた職員さんの顔も見えた。当時は血圧が非常に高かったのでその後も気になっていたが、お元気にされていて安心した。

支所を出て見上げた桜の木は、今年はまだ固いつぼみだった。

その桜のつぼみを携帯で撮影し、ツイッターに載せて呟く。

「支所の前の桜。まだ春は先。」

更に呟く。

「でも、きっと今年も綺麗な花が咲く。」

去年の桜の花の写真を添付した二つ目の呟きは、三人のフォロワーにリツイートされ、ネットの海へと溶け込んでいった。

日本の力、日本の魂は、この桜のつぼみのようなものかもしれない。どんなに長く寒い冬でも必ず耐え抜き、きっと満開の花を咲かせるだろう。

そう感じながら、私は再び自転車を漕ぎ出した。

避難所で見つけた互助

武田　義之

すごい波だった。これまで経験したことのない大津波が、わが家を襲ったのである。命からがら逃れはしたが、私の家どころか集落のすべてが大津波にのみこまれ、一瞬のうちに、なにもかも根こそぎ奪い去ってしまった。その変りはてたふるさとの姿に、涙さえでず、呆然と見つめるばかりだった。

家も、家財も、車も、全財産を失なってしまい、いまだに生活のめどさえたってない。去年三月十一日の東日本大震災。一年が過ぎたが、つい昨日のことのように脳裏に浮ぶ。全財産を失なっただけじゃない。親、兄弟の命まで奪ってしまった大津波だった。近くに住んでいた姉も、いまだ行方不明のままである。遺体すら見つかってない。この冷たい海の中、どこをさまよっているのだろうか。それを思うと、とても辛く悲しい。

「すごかったなあ。よく助かったもんだ。」

「波にのみこまれた時は、もう、だめかと観念したが、桜の木にぶつかり、おかげで命びろいをすることができたんだ。」

「津波を甘くみたのがいけなかったんだ。まさか、こんな大きい波がおしよせてくるなんて、予想もしていなかったからな。」

「そうだとも。やってきたって、せいぜい一メートルぐらいかなと、たかをくくっておったからなあ。」

命からがら逃げのびた人々は、大津波の恐しさにおびえきっていた。

まったく想像をこえた大津波だった。五メートルの防波堤をのり越えての津波である。避難場所に指定されていた近くの小学校までのみこんでしまった。

これまでなん回か、大きい地震にみまわれ津波もあったが、五メートルの防波堤をのり越えるようなことはなかったのだ。だから皆んなは、今回も防波堤が防いでくれるだろうと、呑気に構えていたのがいけなかった。津波に対する甘い考えが、多くの犠牲者をだしてしまう結果となったのだ。

私が住んでいたのは、仙台市郊外の荒浜地区である。長い砂浜が続いており、夏には海水浴を楽しむ人々でにぎわっていた。美しい松林にかこまれた海岸の風景はすばらしく、その静かな環境にあこがれ、市街地から移り住む人も多くなってきている矢先の大津波だった。

住む家を失なった人々の多くは、海岸から三キロメートル離れた隣の小学校体育館に避難した。広い体育館は、避難者でごったがえしていた。

疲れはてたお年より、乳飲み児を抱えた若い母親、お腹をすかして泣き叫ぶ幼児など、阿修羅の如くとは、このような光景をいうのかもしれない。

仙台の三月上旬は、まだ冬の中である。外は小雪がちらついていた。広い体育館はとても寒く、冷たい床《ゆか》の上で、余震におびえながら一睡もせずに夜を過した。電気もガスもストップし、まっ暗な夜は一層不安をかきたてた。

体育館には、体育用マットがあったが、早い者勝ちである。マットの上で過した人はよかったが、年老いた人も幼な子も、冷たい床《ゆか》に座ったままの夜だった。横になろうとしても、多くの避難者で一杯であり、そのことさえままならない。体育館にはいりきれない人は、各教室へと移動した。

一番困ったのはトイレである。トイレの前には長い行列が続く。我慢できる人はまだよいが、年よりや幼児はそうはいかない。なかには、お漏らしをしてしまう年よりもいた。

三日めの朝、校庭にテントが張られ、八つの仮設トイレが設置され、少しは緩和されたものの、小雪ちらつくなか、そこにも長い行列が続いた。

さらに困ったのは食べものである。水道の水もとまり、丸一日過ぎても救援の食べものは届かない。おにぎりが一個ずつ配られたのは三日めの昼だった。お腹をすかしていただけにありがたかった。だがおにぎり一個だけでは、お腹を満すことはできない。避難者の中には、行政に対する不満を訴える者もいたが、訴えたところで、どうにもなるものではない。

翌日になって知ったことだが、岩手、宮城、福島の沿岸一帯は大津波に襲われ、その被害の大きさに驚かされる。行政側もてんてこ舞いをしており、すべての被災地に手がまわらないことがよくわかった。このことを知ったあとは、誰ひとり、不満を訴える人はいなかった。

三日めの夕方になって、自衛隊が校庭にテントを張り、炊きだしを始めてくれた。熱い味噌汁が胃にしみた。日本に住んでいるからこそ、迅速な救援活動にあうことが出来たのかもしれない。これが貧しい国だったらどうだろう。おそらくなん日も食べものもなく、雨、風をしのぐ場所さえなかったろうと思うと、贅沢なことはいってられなかった。

二日めの夕方だった。五十歳ぐらいの男性が体育館のステージにかけあがり、大声で皆んなに叫んだのである。

「皆さん。困っている時はおたがいさまです。小さい子供さんやお年よりのために、横になるスペースとマットを、優先的にさしあげようじゃありませんか。」

がやがやしていた館内が、一瞬、しーんと静まりかえった。

「そうですよ。貴方のいうとおりですよ。」

体育館の片隅から、中年の女性の声がした。

「そうだ、そうだ。そのとおりだ。」

やがてざわめきが館内にひろがり、勝手に独占していた体育用マットが、南側の端に並べられていった。冷たい床《ゆか》の上に座ったままの年よりにとって、どれほどありがたいことだったろうか。

「ありがとう。ありがとうございます。」

なん回も頭をさげ、目には涙さえ浮べているおばあさんもいた。マットの上をかけまわったり、ごろごろと、ころがる幼児もいた。

それを見つめる館内の人々からは、ほほえみさえ見られたのである。トイレだって、年よりや幼児を優先させるようになった。

日本人も、すてたもんでないなあ。その様子を眺めながら、つくづく、そう思ったのである。今の社会で忘れかけていた困っている人を助けてあげよう。弱者をいたわってあげよう。日本人の美徳とされてきた互助の精神。忘れてはいないんだ。なんとすばらしいことだろう。絆の強さを知った瞬間でもあった。

食べるものもなく、羽織るものさえもなく、寒さにふるえてる皆んなが、幼児や年よりを守ってあげるんだ。そういう気持ちが避難者全員の思いにちがいない。幼児や年よりの喜ぶ姿を、ほほえみながら見つめてる。そんな皆んなの顔を見つめ、私はとてもうれしく、なごやかな気持ちになっていくのだった。

ひと昔前までは、向う三軒両隣り、お互いに助け合いながら生きてきたのが日本人だった。

日本が豊かになるにつれ、その互助の精神は影を薄め、他人には干渉しないという考えと変ってしまった。互助ということが煩わしいと感じる人が多くなってきているせいかもしれない。

大震災は、忘れかけていた互助の精神を甦らせてくれたようだ。震災によって、なにもかも失なってしまった人々だけに、お互い助け合って生きていかねばならないんだという気持ち、絆の大切さを改めてもつようになっている。すべての物は失なっても、心まで失なった人はいなかったのだ。このことを感じとった私は、誇らしささえ覚えたのである。

震災してまもなく、警察官、自衛隊、全国自治体の職員を初め、多くの人が全国から駆けつけ、懸命になって被災者の救援にあたってくれた。手弁当で遠くから駆けつけ、瓦礫の撤去、弱者の救助、食事の提供、避難所での励まし。ひたむきに献身的に、被災者救援に骨おってくれたボランティアの人々には、ただただ、感謝の気持ちで一杯である。

このような日本人がたくさんいるんだ。そのことを肌で感じとった大震災でもあった。助け合い、励まし合い、支え合おうという、すばらしい日本人が周囲にたくさんいることを知り、改めて感謝と共に、力強く感じられたのだった。

大震災をとおして、多くのことを学び、たくさんのことに気づかされた。このことが、頑張って生きていこうという、復興への原動力にもなっている。

おかげで廃墟と化した被災地も、徐々に復興していっている。被災者も少しずつ生活の場を取りもどしていっている。大震災をきっかけに、日本人が忘れかけていた互助の精神、絆の大切さを強く甦らせてくれたのだと思う。

なにもかも失なってはしまったが、これらの善意をしっかりと胸の奥に刻みこみ、よし、ふんばって生きていこう。苦しいけれども、一歩、一歩、確実に前に向って歩んでいこう、そう固く心に決めている。少しずつ、少しずつではあるが、震災の痛手から立ちなおるべく、今、必死になって努力を積み重ねている毎日なのだ。

先人と絆を結ぼう

塩崎　蓉子

今朝もワイドショーが、近く起こる可能性のある大地震を話題にしていました。3・11以来、地震は身近に起き得る恐ろしい災害として認識されました。

あの日私達夫婦はこの震災に石巻に住む長女とその家族が巻き込まれるなど思いもよらず、お茶を飲んでいました。一六年前がんを患い五年生存率五〇％と言われ排泄障害者として生活する私には、春の兆しが嬉しい昼下がりでした。体調に異常はなく嫁いだ娘二人も孫も健やか、定年退職後家庭菜園と釣りを楽しむ夫と二人でゆったりと飲むお茶にささやかな幸せを味わっていたのです。不意に襲った揺れは収まる様子もなく、築後二〇年以上過ぎた家は不気味にきしみ私達は庭に降りてカエデの樹につかまりました。苫小牧に暮らし四〇数年、震度四以上の地震は経験がなく、随分長い時間揺れていたように感じました。揺れも収まり震源地を知るためテレビを見たら、震源は宮城県沖で石巻市の一部は震度七を記録すると言うではありませんか。

アナウンサーは緊張を隠しながら太平洋沿岸に大津波警報が出されているので、高い所へ避難するよう繰り返し呼び掛けています。宮城県沖を震源とする地震に苫小牧がこのように揺れるなら、石巻はさぞやと私はあわてて娘の家に電話をしました。受話器からは不通を示す機械音しか流れません。娘婿の両親の家も同じです。娘婿は小学校教師から医大を経て九州で医師をしていたのですが、三年前海と山の幸豊かな東北に転勤しました。暮らすほどに暖かで義理がたいこの地の人々の人情が好ましく、車で三分程離れた渡波地区に住まいを用意し両親を呼び寄せました。娘はこのところ地震が多く今日は数センチの津波があったと、二日前に電話をくれたばかりだったのです。小学校入学を控えた娘夫婦の一粒種と高齢の娘婿の両親は、震度七という揺れにどうしたものやら津波まで予想されるのにと不安はつのりました。

娘婿の両親が渡波地区に住むと決まった時、渡る波だなんて津波は大丈夫かしらと私は娘に恐る恐る言った記憶があります。東北沿岸の各地には城壁のような立派な防潮堤があるからと、娘夫婦の安心した様子に私は余計な心配を口にしたと悔いたものでした。でも娘夫婦が石巻に越して来た時、街の随所に過去の津波の高さが印されていたのが気になっていたのです。

不通音しか鳴らない受話器に不安はつのり、テレビに見入っていたら仙台の名取川を駆けあがり家々やビニールハウスを飲み込む津波の様子が映し出されました。もう夕食の準備どころではなく、私達はテレビから目を離せず、夜に入り気仙沼の津波火災が夜空を赤々と焦がす様には言葉を失いました。翌日火事の煙で霞むなか、ヘリコプターで被災者を救助する石巻市内の様子が映し出されました。この後、衝撃のあまり私の記憶の細かな部分は定かではないのです。この間次女夫婦や娘婿の弟や学友達と連絡を交わしたものの、石巻は壊滅状態としか情報はなく私達には暗澹とした日が続きました。見聞きするニュースは一つとして娘達家族の生存に繋がるものはなく、胸がキリキリと痛むような焦燥感にさいなまれました。あの頃を思うと娘家族にはもちろん地獄のような辛い日々だったでしょうが、何の情報も入らない私達にとっても地獄の日々でした。一〇日たって自分達の家も両親の家も全壊したけれど誰も怪我はなく元気だと娘夫婦から電話があった時、私達は全身の力も抜け嬉し涙にくれました。ひとめ娘達家族と会いたいと思ったものの、現地は下水道も未だ復旧せず排泄障害者の私には無理との事で石巻には行けません。充電もままならない携帯電話ではどのような状況で助かったものか、細かな様子も解りませんでした。

そのうち孫がネフローゼになり赤十字病院に入院し、骨粗しょう症だった婿の母も骨折で仙台の病院に入院したと連絡を受け、私達は六月に入り間もなく石巻へと向かいました。仙台港の岸壁に打ち上げられた大きな船やフェリーの事務室のベニヤ板を打ち付け、業務している様子には驚かされました。石巻までの高速道路も復旧工事が至る所で行なわれ、眼下の田園にもどこから流れ着いた車やら何台も置き去りにされていました。渡波地区は道路が陥没し、水溜まりでは魚が跳ねていました。

婿の母は退院したもののコルセットを装着し杖に支えられる痛々しい姿でしたが、気持ちは萎えていませんでした。あの日の恐怖を語る時、自分達に命あるのは正に奇跡と言うのです。婿の両親は八〇才を迎え、共にがんの手術を受けていて、私とは「戦友」のような間柄です。時には患者会の延長のような会話になり、検査前には不安を打ち明け合う大切な家族でした。婿の母にはがんだけでも充分辛い経験なのに、骨粗しょう症、地震と津波そのうえ骨折と重なりどんなに気丈でもさぞ辛い体験ではなかったかと私の心配はそこにありました。災害は弱い者により酷く襲いかかるものと言います。

婿の母は震災の当時とその後について堰を切ったように話し出しました。住み慣れた埼玉を出て渡波地区で暮らし、道で出会った方と会釈する程度の交流なのにあの日近所の方が避難を呼びかけてくれたと言います。彼女は駆けて逃げる事も不可能で、夫婦共々津波が家を襲った時、押し入れの天袋の羽目板の外れた所から呼吸し生き延びたそうです。繰り返す余震と津波と地盤沈下で水は引かず、自らも被災したお隣りのご夫婦がせめて二人が身体を横にできるようにと家の中を片付け、濡れた身体を暖めるため庭で焚火をし、暖かな食事まで用意し分け合い励まし続けてくださったと言います。あの震災の夜は漆黒の闇で周囲の音は全く絶えていて、お隣りの方のその親切と優しさがただただ有り難く「生きよう。」と思ったそうです。

息子夫婦や孫の安否確認のため津波注意報が消えるのを待って、婿の父は水と乾パンと濡れ残った僅かな衣類を背負い、胸までの長靴を履いて瓦礫と水の中を歩き出したそうです。五年前手術を受けた高齢の彼には、通常なら車で三分の距離も三時間かかっても到着しなかったと語りました。異臭を放つ水や瓦礫に足をすくわれ、転けつまろびつしながら辿り着いた息子の勤務する病院は、一階部分が見るも無残に破壊されていました。辛うじて残った病院の二階では、患者さまや流れついた車の中から助け出された方も避難されていて、野戦病院さながらでしたが、息子家族と堅く抱き合えたそうです。

互いに生活に必要なものは何一つ残らず流された娘家族のもとに、山形の有機農業者協会の方達が米や野菜など食物はもちろん支援物資を山と積んだトラックを列ね駆けつけてくれたのでした。震災以前、偶然食べた御米が余りにも美味しかったので、娘婿が会員になっていたのです。トラックには屈強な若者や赤ちゃんを背負った若い女性もいて、幾日も山形から通いながら、家の内外の片付けや清掃にあたってくれたそうです。婿の両親をお世話くださった隣人、そして農業法人の方々の真心と献身は、生活に必要なもの全てを失った娘家族や避難されていた皆を「生きよう。」と奮い立たせてくれました。余震が幾度となく襲い、電気も上下水道も破壊され、寒さに震える皆の生き抜く力となったものと言えば、互いを思いその痛みを分け合おうと差し伸べてくれた暖かな手の温もり、それだけだったのではないでしょうか。避難所にゆけず、地震や津波の破壊から辛うじて残った家や病院に身を寄せた多くの被災者に、支援はなかなか届かずその生活は悲惨なものだったようです。

東日本大震災が娘家族を襲ったと知った時、私は地名に込められた先人の叡智に舌を巻きました。自然災害の多いこの国に暮らした先人は、地名にその恐怖を刻んだのでしょう。ある地方では「ここから下に家は建てるな。」と印した碑が、半ば土に埋もれていたそうです。「温故知新」という言葉を、広くしっかりと捉え生活に活かすべきでした。先人が時間を越えて伸べてくださっている暖かな手を、私達は意に留めようともしなかったのです。

子孫の幸せと繁栄を願い、厳しい自然条件や災害を克服した足跡を私達は学ぶべきでした。

科学技術の進歩に対して、信仰に近い信頼を寄せていた私でしたが、大切な家族の生死さえ知る事が出来ず、幾日も電話の前をうろうろした時それは見事に崩れてしまいました。狩猟採集を主とした民族の生活した北海道の地名は、その地の特徴を伝える事を最優先としています。鮭の登る川、湿地、衣服の材料となる樹の皮のとれる山など、地名には生活情報が溢れていると聞きます。本来、地名とはそうしたものかもしれません。先人の有り難い、言わば「おやごころ」の伝承が、地名だったのだと思うのです。震災がもたらした犠牲と悲劇は、余りにも酷いものでした。死者、行方不明者は一万九千人を越えて、その尊い御霊に報いるためにも今後の対応に誤りは許されないのです。

震災を象徴する言葉として絆が口にされましたが、今を生きている隣人とだけではなく、先人との絆こそ大切にしなければならなかったのでした。義理がたく暖かな人情溢れる地として、娘婿が愛し骨を埋めようとした東北は、期待を裏切らずこの震災を乗り越える力をも与えてくれました。地名にこめられた警告は伝えられなかったけれど、陽だまりのように暖かな人柄は先人から確かに受け継がれ、震災直後を生きぬく力となり、絶望の淵に立たされた人々を救ってくれました。牙を剥いた自然の前には一人の力など何程のものでもなかったのに、絆によって力は無限のものとなりました。石巻で出会ったボランティア活動をする若者達や、行方不明者の捜索にあたられる自衛隊の皆様の、炎天下額に汗する姿には確かに先人の心が生きていると感じられてなりませんでした。

生と死を隔てる壁は、頼りなく薄くはかないものと震災で知らされました。まして私など、見えてきた人生のゴールに備えなければなりません。喜びと感謝に満ちて、フィニッシュテープを切るため、更に先人に教えを乞わなければと思った一年でした。

被災地から被災地へ

井川　遥

あなたは覚えていますか――。私には、多くの人が少しずつ、あの震災を忘れてしまっているようにみえます。街中で義援金を集める光景も、もうほとんど見かけることがなくなりました。あなたはまだ、節電を続けていますか。被災して停電した地域の方々、さらには、計画停電をした地域の方々は、電気のありがたさを十分に分かっているはずです。もしかしたら少しずつ、あの時の気持ちが薄れてきてはいないでしょうか。被災地はまだ、元に戻っていないのに、多くの人が震災を忘れてきている現実が、悲しいほどにみえてきます。

私は思います。この震災を決して忘れてはならないと。多くの方々が犠牲になり、多くの方々が大切なものを失ったことを。多くの方々の恐怖と悲しみ、そして勇気を、私たちは決して忘れてはいけないのです。震災の全てを受け止め、一人一人が心に刻み込まなければいけない。それが今、この時代に生きる人間の、誰もができる大切なことなのです。

私はあの震災の時、高校の校舎の中にいました。強い揺れの影響で道路にヒビが入り、すぐに停電しました。電車がとまり、帰宅の手段をなくした私は、徒歩で帰路につきました。歩き始めた私の目に飛びこんできたのは、折れたコンビニの看板、そして、信号機が動かないために起こった異常な交通渋滞でした。大きく様変わりした世界を歩いていたら、途中、崩れ落ちた家の前で泣き崩れているお婆さんに出会いました。その方の両手には、御主人と思われるお爺さんの写真と位牌が握られていました。私はとっさに「このお婆さんは、お爺さんとの思い出がたくさん詰まった家を失ったことがとても悲しいのだろう」と思いました。そして、何か言葉をかけなくてはと感じながらも、私は、ただ、そばで涙を流すことしか出来ませんでした。するとお婆さんは、「あなたのお家は大丈夫なの」と、私に声を掛けてくれました。いつのまにかうずくまっていた私を、さっきまで涙していたお婆さんが、心配そうに声をかけてくれたのです。お婆さんに心配をかけさせたくない気持ちがあったものの、安否の分からない家族への心配も急に高まり、私はその場で固まってしまいました。するとお婆さんは、私の手を強く握りました。温かい手でした。お婆さんの顔を見たら、もうすでにさっきの涙は消えていました。私も涙を拭いて、「泣いてはいけない」と強く感じました。「絶対にお婆さんのほうが辛いはず」、そう思ったからです。すると、「私の家は、きっと大丈夫です」と自然に言葉が出てきました。お婆さんは、微笑んでくれました。そして、「この震災、絶対に乗り越えようね。どんなことがあっても生きようね」と言って下さいました。私とお婆さんは強く、何度も指切りをしました。そして、「どんな辛いことに出会っても強く生きよう」と決意しました。今でも、その時のお婆さんとの指切りと、お婆さんの手のしわと声、その温もりを鮮明に覚えています。私は今でも、最初に声をかけられなかった自分を思い出して、悔しくなります。だけど、お婆さんと出会えたことで、人の強さを知ることができました。お婆さんと交わした約束、そして、お婆さんの優しさが、今の私の背中を押し続けてくれています。私もお婆さんのように強く優しい人間でありたい。誰かの背中を押せるような人間になりたいと思います。

私がこの未曽有の大震災の事実を知ったのは、地震が起きてから数日がたってからでした。津波に巻き込まれ流れていく建物や木、そして人間。津波が去り、殺風景となった沿岸部。何より驚いたのは、おびただしい数の人々が亡くなり、行方不明であることでした。この現実を知った時、私の体に衝撃が走りました。そして「被災した人たちを救いたい」と思いました。しかし、自分の生活もままならない中、被災者が被災者を助けるなんて無理だと思いました。自分があまりにも惨めで、情けなくてたまりませんでした。

「一緒に被災地に行かないか」、そう声をかけてくれたのは、ボランティア仲間の先輩でした。思いもよらない言葉に私は驚きました。原発の問題や、被災地の衛生状態、不安なことがたくさんありました。ですが私は、この目でどうしても確かめたかったのです。私は、反対する両親を説得し、被災地行きを決意しました。そしてすぐに物資を集めはじめました。簡単にはいかない、そう思いました。なにしろ、自分たちも被災地にいるのです。正直、無謀だと思いました。しかし、近所の人たちは思いやりをたくさんみせてくれました。「少しでごめんね。気をつけてね」と言って、たくさんの食料やブランケットを寄付してくれました。自分たちよりもっとひどい被害を受けている人たちのことを考え、自分たちのことを顧みず、たくさんの寄付をしてくれたのです。感動しました。心が温かくなりました。みんなの思いを精一杯届けようと。私は強く思いました。

被災地から被災地へ。みんなの思いをたくさんに詰め込んで、私と先輩は車を走らせました。フロントには「緊急物資積んでいます」、後ろには「茨城から愛を届けに来ました」という紙を貼りました。途中、道はガタガタで、たくさんの亀裂が入っていました。それは、被災地に近づくほどひどくなっていました。現地に着いたのは、翌日の夕方でした。

どこに着いたのかはわかりません。おそらく宮城県のどこかです。確かだったのは、津波の被害をひどく受けた地域であるということだけです。あたり一面、家の土台のみが残されていました。私は言葉を失いました。街の原形を留めていない、まるでテレビの世界にいるようでした。私たちは高台の建物に入っていきました。そこは集会所のようなところでした。そこには、ざっと二十人ほどの方々が避難をしていました。先輩が、

「茨城から、少しですが食べ物と飲み物、ブランケットを持ってきました。」と声をかけました。すると、みんなが譲り合って列を作ってくれました。そして「茨城は大丈夫だったの？」と、私たちを気遣ってくれました。みんなの方が大変な状況なのに、そんな言葉をかけてくれるなんて、私の目には涙が溢れてきました。

ここまでの道のりは長かったけど、私は、来て良かったと思いました。そして、出会った方全員から「ありがとう」という言葉をいただきました。被災者の方々の、どんな時でも相手を思い、譲り合う気持ちが、とてつもなく嬉しかったです。被災地から被災地へのプレゼントは、たくさんの笑顔を生んでくれました。私たちはその夜、そこに泊まらせてもらいました。一番温かい、建物の真ん中の特等席でした。見知らぬ私たちのため、精一杯の歓迎をしてくれたのです。

その夜、小学生の男の子が、私を外に連れだしました。人工の明かりのない空の下、星がとっても輝いて見えました。「明日はどこに行くの」、私は男の子に聞かれました。「まだ決まっていないよ」と答えると、「ボク、探しに行きたい」と彼は答えました。そして、彼の父が、いまだ行方不明であることを聞きました。悲しむ母のために、父を捜しに行きたいというのです。私は先輩に相談しました。「見つかるはずがない」と思っていた私に、先輩は「見つける」と言いました。「見つける気がないと見つからない。お前は何をしにここに来たのだ」と先輩は言いました。私は気付きました。「私は、人を助けるためにここに来たのだ」と。翌朝、私たちは捜索を始めました。彼の父親の会社があったというところは、がれきの山になっていました。近くを探すも見当たらない。私たちは、少し諦めかけていましたが、男の子は決して諦めず、必死になって父親の名前を呼んでいました。やがて日が暮れ始めた頃、彼がしゃがみこみました。近づいてみると、タイピンを一つ見つけていました。彼は涙を浮かばせていました。そして私たちに「お母さんに、お父さんからのプレゼントだ。早く帰らないと」といいました。

避難所に戻ると、彼は自分の母親にタイピンを渡しました。「お父さんがね、長い間出張に行くからプレゼントだって。お父さんが帰ってくるまで僕がお母さんを守るから泣かないで」と、彼は言いました。まるでドラマのような光景でした。彼は、まだ小学生なのに、私よりも何倍も強く見えました。子どもまでが、震災を受け止め、しっかりと前に進もうとしている。私は強い衝撃を受けました。

私たちはその後も、いろいろな所を訪れました。それぞれの場所にいる被災者の方々は、本当に辛い体験をされ、悲しんでいるはず、と思っていましたが、実際は違いました。皆さん、苦しくても、笑顔で前に進もうとしていました。私は、できるだけそんな方々をサポートしたいと思いました。私たちは、四日間の被災地支援活動を行いました。とても短かったですが、たくさんの人に出会い、元気を届けにいったはずが逆に元気をもらって帰ってきました。

私は、今回の震災で本当に多くのことを学びました。今の私にできること、それは、震災のことを多くの人に伝えることだと思います。そして、どうしたら被害を軽減できたのかを考えたいと思います。もう、あの時のような、あまりにも多くの被害者を出さないために。震災は、誰にとっても決して他人事ではないのです。誰もが一度は被災者の方を考えたはずです。その気持ちは、人を思いやる心そのもののはずです。どんな時にも、忘れないでいてほしい。

まだ被災地は、復興にはほど遠い現状にあります。この現実と、あなたは、決して関係がないわけではないのです。震災のことを忘れずに、ふとした瞬間に、考えてほしい。

死にたくなったら、旅に出よう

高信　径介

「自殺したくなったら、どこか旅に出てから考え直して欲しい」と、最近そんなことを考えるようになった。沖縄、ハワイ、パリ、京都、インド、マチュピチュ、何処でもいいから行ってみる。残された人間に迷惑をかけることを承知で自分の居る場所から逃げ出す覚悟があるのなら、無人ＡＴＭで借金でもして一ヶ月くらい目的地のない現実逃避の旅でもしてみて欲しい。どうせ自暴自棄になって死ぬつもりなら、遠い異国の地でマリファナを吸って、売春婦と関係を持ってから考え直して欲しい。

現在私は大学病院で精神科の研修医として働いている。医師二年目の乏しい臨床経験の中でも、救急外来や病棟で過量服薬や首つりで自殺を図った患者たち（既遂であれ、未遂であれ）を何人も見て来た。いずれの患者も人生に絶望し、自分自身の手で自分の人生を終わらせるという選択に至った人たちだ。そのような自殺企図者については、病院に搬入後、医療者は治療を行うのと並行して家族などの近親者もしくは幸運にも命を取り留めた患者本人から事情を聴取していく。得られた情報を総合しながら、自殺に至った経緯のアウトラインを把握していく。出生まで遡って人格形成を分析し、危険因子を詳細に検討し、企図者の心の綾を読み解いていく。

自殺を試みる多くの患者の精神は抑うつ状態となっており、精神療法（カウンセリング）や気分安定剤や抗鬱薬等の薬物を用いた治療を行い、安静にしていれば状態は改善するとされる。抑うつから自殺という決断に至る心の軌跡は概ね了解可能なものである。経済的困窮、コミュニティにおける孤立、生まれ持った障害、突然襲われた病気や事故によって奪われた平穏、そうした心的負荷が人を死に向かわせることは想像に難くない。幼い頃から学校でいじめを受け、大人になっても対人緊張が強くて周囲に馴染めず職を転々とする鬱状態の患者は「どうして自分には普通の人生を送る権利がなかったのか」

「神様は不公平だ」と私に告げた。不遇に傷つき、疲れて、閉塞し、摩耗する。屈辱に耐えて日々を凌ぐも、幾度も希望は絶たれ、やがて生きるエネルギーが尽きてしまう。それは世界中のあらゆる場所で、いつの時代も無数に存在する悲劇のストーリーの典型例である。

一度死に向かってしまった心を、いかにして再び生に向けるか。自殺企図の患者に出会い、また同年代の知人の自殺の報を聞く事が幾度もあり、いつしかそんなことを考える時間が増えた。そして、私が自分なりに考えて辿り着いた最善の方法は「旅すること」だった。

誤解を招かないように一応書いておくと、本当の「うつ」の患者には旅に出る事など不可能であり、医療の介入が不可欠である。気合いや自己啓発ではどうにもならない脳の神経系の異常を基盤とする生物学的疾患である。精神医学の治療は構造化されており、医療者各人の私的な体験に基づく方法は推奨されない。そのへんを踏まえ、以下に語られるのは科学体系としての精神医学の治療とは方向を異にする、いち研修医の私見である。ただし事実に基づく根拠がないわけでもない。

私の家は小学校の頃に親が離婚したため母子家庭で育った。母が女手ひとつで支える家計は厳しかったが、私は禁欲的に勉強に没頭し、なんとか旧帝大の医学部に合格した。不遇な環境にくさらずに受験を勝ち抜いた自分が誇らしかった。しかし大学に入ってみると、まわりは裕福な家庭の子弟に囲まれていた。華やかな趣味を持ち、苦労を知らずに育ち、幸福に包まれた生涯を送る選ばれし人々の集団。入学後まもなく、私は自分の境遇や感性のみすぼらしさに絶望した。嫉妬と不全感を抱え、友達もできずに鬱々と過ごしていたが、救いを求めて大型書店や古本屋に通うようになった。人生を切り開くヒントを探し、ジャンルを問わず本を読み漁る日々を送った。自己啓発書を読み、エッセイを、小説を、歴史書を、読んだ。そして心の闇を照らすような沢山の言葉に出逢った。受験しか頭になかった自分の知らない広い世界を知った。そして、旅する事を決めた。

大学四年生の春休み、ヒッチハイクで日本中を旅した。札幌から始まり東北、関西、中国、四国、九州は鹿児島まで。通りすがりの車に乗り、時には食事をおごってもらい、見知らぬ人の家にも泊まった。秋田県男鹿市のなまはげの話、福島から山形で遠距離恋愛を楽しむ若いカップルの話、ブラジルのリーグでサッカーすることになった広島の若者の話、幼い頃に両親を失った市役所の職員の話。数え切れないほどの人生に出会い、その色彩に魅せられた。静岡のお茶屋のおじいちゃんとおばあちゃんに食べさせてもらったとらやの羊羹は美味しかった。

旅することは自分のルーツを知ることだった。幾度となく自分の出身地である北海道の話を求められた。日本の他の地域で北海道はどんなふうに見られているかを知った。おいしい食べ物、広大な自然。富良野や知床といった有名な観光地を自分は何も知らなかったことを知った。

そして、日本という国を知った。靖国神社の荘厳な佇まい。京都に漂う歴史の蓄積と幽玄な空気。広島の原爆記念公園。高松のうどん。高知の鰹。地酒、焼酎。自分の国のことが好きになる。育まれてきた文化と歴史の全てが、自分の中に根付いて生きていることを知った。

卒業間近になるとクレジットカードで借金をして海外に行った。アジア、ヨーロッパ、南米、アメリカなど、周囲の反対を押し切り無茶苦茶に旅をした。文化の違い、と一言で言い表す以上の体験があった。言葉の違い、雰囲気の違い。適当だけどなんだか皆それなりに生きてる。差異が際立って日本の特色を知った。公共交通機関のマナー、食べ物の繊細さ、トイレの汚さ、工業製品のクオリティ、異なる文脈で辿った歴史。他の国を知ることで、いっそう自分の国が好きになる。これはみんな同じ事を言う。世界を知るほどに、自分の国が恋しくなっていく。

世の中にはいろいろな場所があり、いろいろな人がいる。テレビで見たエキゾチックな観光地にも生々しい生活がある。その場所で暮らす人々も、日常があり、日々の出来事に一喜一憂して、人と出会いと別れを繰り返し、それぞれの人生を送っている。あまりにも単純な事実を、肌で感じる。当たり前の自由に気付ける。視界の狭さに気付ける。狭い世界に囚われていた事に気付ける。そして旅から帰ると、自分のかつていた場所をより深く知ることができる。その社会的位置づけを、構造を、歴史的文脈を。見えなかった仕組みが、見えるようになる。そして、生きる力――健全な好奇心や、欲望や、愛着――を取り戻した自分を知るのだ。少なくとも私はそうだった。私が旅先で出逢った人々も。

　自殺念慮は閉鎖環境の中で育まれる。自宅と職場の往復する単調な日々に感性は鈍麻し、頭の中で妄念は増幅し、気力を減退させ、喜びに対する不感症を起こし、抑うつ状態に至る。やがて心は可塑性を失い、気分障害に至る。地方都市の役所勤務にせよ、大企業の小さな一部署の人間関係にせよ、心がとらわれて、自由を失ってはいないか。見えない檻の中で囚われて、足場を危うくしてはいないか。停滞という緩慢なる魂の死。誰もが陥りがちな陥穽《かんせい》。その構造に気付いたら、世界を観に行こう。

旅が駄目なら、大型書店をぶらぶらと小一時間ほど歩いてみて欲しい。何の気無しに歩いていると、世界には多くの側面があることに気付く。建築、星座、舞台演劇に、ロックンロールにクラシック音楽。宗教に哲学にスポーツに経営者の自慢話。自分と似たような人生の過重を背負い、そして乗り越えようとし、乗り越えてきた人たちに出会う事ができる。坂本龍馬。ヘレン・ケラー。野口英世。乙武洋匡。スティーブ・ジョブズ。先人達の戦いの記録が、現在進行形で続いている試行錯誤の経過が記されている。

煩雑な日常から距離を置き、頭を休ませて生きる力を養う。日常にはなかった情報を集めて、人の生き方のモデルを見つけて、閉塞状況を打開するヒントを見つける。少しだけ重荷を背負うのを休んで。仕事をさぼって、遠くの景色を見に行って欲しい。深呼吸して、無駄話して、美味しいものを食べて、心に休息と刺激を与えて欲しい。一息ついて、充電して、力と武器を蓄えて、再び「自分の人生」へのリベンジに挑んで欲しい。人生に意味はあり、再び誰かと出会い、共鳴し、喜びを感じられる瞬間は必ずある。今いる場所より、少しだけ広い世界を見て欲しい。共に協力し、世知辛い世の中を生き抜いて行く仲間をぜひ見つけて欲しい。年のはなれた友人でも、詩人でも、実業家でも、スポーツ選手でもいい。それぞれ与えられた課題を克服すべく七転八倒する勝利のモデルに、きっと出逢う事ができるから。本を読み、旅をして、未知なる人生を生きる誰かに出逢う事には、無限大の価値があると思うのだ。

通勤電車に飛び込むくらいなら、ガンジス川にダイブして欲しい。

第二章　苦難なときの〝ほほえみ〟がバネに

名産は、笑顔、あいさつ、思いやり　笑いをまちづくりに生かす取組みが自治体で始まっている。接客講習会で学び、市民皆がとびきりの笑顔で観光客を迎える市や、初笑いイベントを開催し地元住民と観光客が一緒になって大笑いする町など。名産は笑顔・あいさつ・思いやり。これは個人の生活も同じで心がけ次第で周囲を明るくできる。「笑いの復活」を震災復興の目標に掲げ心から笑える国づくりを進め、ストレス社会の自然治癒力を高めたい。

一期一会の中で見つけた人生の輝き　松島海岸と福浦島を結ぶ福浦橋は別名「出会い橋」、震災の話をしてくれた橋の売店の女性との出会い。駅に向かう途中、信号待ちで偶然出会った鹿児島から来た七十五歳の女性は「きよしくん（演歌歌手）」の追っかけで人生が変わったという。私の生き方も変えていく素敵な一期一会。

人のためが自分のためだった　東日本大震災では、自ら被災したにもかかわらず、皆他の誰かのために尽くした。私も今、被災地へ絵手紙を届けている。返書にある、皆が力強く生きる姿に勇気をもらう。「人のため」の行動は「自分のため」でもあったのだ。人間の素晴らしさを結合させ東北は必ず立ち上がる。希望を生みだしながら絵手紙を書き続けよう、復興のその日まで。

イランより「同胞よ、我々は日本を諦めない」　革命、戦争という歴史を乗り越え、力強く生きるイランの人々は、震災で受難を課せられた日本人の痛みを理解し見守る海外の同胞だ。イランで暮らす私が今出来ることは、日本人としての私の内面を培ってきた、粘り強さ・寛大さ・協調性をこの国の人々に教授し、未来に役立てて貰うことではないだろうか。

目薬は心の薬　目薬とは、周りの人が見守ってくれる目のことだ。私たちはたくさんの目薬の力を貰い生かされている。一人ひとりが目薬になれば孤立する人、絶望する人が少なくなる。今日本に大切なのは、何事も深く考えること。後悔しないために、自分や周りにとって何が大切かを今一度考えたい。

名産は、笑顔、あいさつ、思いやり

長野　和夫

東日本大震災は、二万人もの尊い命だけでなく、被災地から〝笑い〟も奪い去った。烈震、巨大津波で家族や家を失い、原発崩壊による放射能拡散で故郷を追われた被災地の人たちに、笑顔の戻る日は、まだ遠い。

震災復興がなかなか進まない中で、少子高齢化の加速による年金・医療・介護など社会保障制度の先行き不安、生産拠点の海外移転に伴う国内産業の空洞化、若者の雇用難など様々な難題が暗雲を広げ、言いようのない閉塞感が日本全体を包み込んでいる。

震災の被災地ならずとも、「とても笑ってなどいられない」というのが、大方の心境だろう。

しかし、政治の無策に腹を立て、世の不条理を憂い、わが身の不運を嘆くだけでは、ますますストレスに押しつぶされてしまう。暗い世情でこそ、「笑い」の効用を見直し、日本再生の〝元気の素〟としたい。

「笑う門には福来る」など、古来「笑い」は、健康や幸せにつながるとされてきた。中国には「一怒一老一笑一若」という諺がある。現代医学でも、笑うことによって体内の免疫機能や自然治癒力を高めることが各種研究で証明されている。

この「笑い」をまちづくりに活かそうという取組みが、いくつかの自治体で始まっている。

国の借金（国債残高）は、今や一千兆円に迫ろうとしている。一万円札を積み重ねると一万キロの高さ。横に倒すとジェットン機で十三時間の東京―ニューヨークの距離に匹敵する。

天文学的規模の借金が国家財政を締めつける中で、これまでのように国の公共事業をアテにしたまちづくりは望めない。

せめて気持ちだけでも明るくもち、住民みんなが楽しく元気に生きることを考えよう。

こうして始まった「笑いのまちづくり」。私は、そのひとつである山口県防府市を訪ねてみた。

瀬戸内海に面した人口約十二万の防府市は、約八百年の歴史をもつ「笑い講」で知られる。

毎年十二月の第一日曜日に、二十一人の講員が代表（頭屋）の家に集まり、上座と下座に対座して、大サカキを手に三度、「ハッハッハ」と大声で笑い合う。

最初の笑いは「今年の豊作を喜んで」、二度目は「来年の豊作を祈って」、三度目は「今年の良くなかったことを忘れるため」。

防府市では、この「笑いの伝統文化」をまちづくりの柱に据え、平成九年度から観光協会とタイアップした「太陽と笑顔がいっぱいのまちづくり」運動を展開している。

「笑顔のまち」をアピールするために、イメージコンサルタントを講師に招いて、旅館・ホテルなどの観光業者や商店街の店員、タクシーの乗務員らを対象とした接客の態度・表情・言葉づかいなどの講習会を開催。タクシーやバスのフロントガラス、商店の店頭に笑顔をデザイン化した「笑顔ステッカー」を貼って、訪れる人を、市民みんなが笑顔で迎えるようにした。

山陽新幹線徳山駅から山陽本線に乗り換えて二十五分、防府駅に降り立つとタクシーの運転手さんが、とびきりの笑顔で「おいでませ。どうぞ」とドアを開けてくれた。初めて訪れた土地で、最初に出会った人の感じが、まち全体の印象を決定づけることがある。駅前のタクシーの運転手さんが無愛想だったら、そのまま帰りたくなるだろう。

「ただ笑顔だけではだめじゃけん。観光客の皆さんに景色だけでなく、防府の温もりも感じていただけるよう、心のふれあいを大事にしたもてなしを心がけにゃあ、いかんのですよ」

運転手さんの「笑いの哲学」に納得する。

商店街でも宿泊したホテルでも、「おいでませ」の笑顔が迎えてくれた。

観光協会主催の「ミス防府コンテスト」も、審査のポイントは「笑顔」だ。平成十年から始めた「日本一の笑顔ＰＨＯＴＯコンテスト」には、全国から「笑顔の美しい写真」が楽しいメッセージ付きで送られてくる。

防府市観光振興課の担当者は「笑顔がいっぱいのまちづくり運動は、市民と観光客という枠にとどまらず、市民相互の交流を深め、思いやり、支え合いの心を育てることが一番のネライです」と話していた。

和歌山県の日高川町も、「笑いの里」を、キャッチフレーズにしている。町の伝統行事は毎年十月、丹生神社で行われる「笑い祭り」だ。

「その昔、丹生神社に祭られていた丹生都姫命（にゅうつひめのみこと）が、神無月の出雲の神々の集まりに朝寝坊して遅れ、すっかりふさぎこんでしまった。それを知った村人が神前で、笑え笑えと慰めたところ、姫は元気を取り戻した」

この逸話をもとに、「笑い祭り」が受け継がれてきた。「永楽（えいらく）じゃ、世は楽じゃ、笑え、笑え」鈴振りのお先達の音頭に合わせて、人口約七千五百の町は笑い声に包まれる。

日高川町では「毎日の暮らしの中にも笑いが絶えないまちづくりを目指したい」と、特産のミカンを使ったスマイル・マスコットの販売や、新年一月には一週間にわたって、丹生神社で「初詣・初笑いイベント」を開催。地元住民と二万人の観光客が一緒になって「わーっ、ハッハッハー」と大笑い。「健康の素、元気の素、幸せの素の笑い」を持ち帰るという趣向だ。

民話「吉四六（きっちょむ）さん」のふる里である大分県の旧野津町は、「機知とトンチで、人々を楽しませた吉四六話を今日的視点で掘り起こそう」と平成四年から、吉本新喜劇と組んで、民話と現代的笑いをミックスさせた民話劇を全国に向けて発信、吉四六ランドで開催された第一回公演には三万人を超す観光客が訪れた。

公演をきっかけに吉本興業も町の活性化に全面協力することを約束、所属タレントによる農産物の売り込みや吉本グッズの販売、町職員の吉本での研修といった連携を強めてきた。

野津町は平成十七年一月、臼杵市に合併されたが、吉四六劇は今も続けられている。青森県の大鰐町や北海道帯広市、岩手県大船渡市など各地で開かれている「ホラ吹き大会」も実に楽しい。

他にも、兵庫県西脇市の「お笑い神事」、三重県尾鷲市の「山の神まつり」、埼玉県草加市の「草加文化寄席」、芝居仕立ての「博多にわか」「佐賀にわか」など、笑いの文化が、人や地域の交流を深め、潤いのある地域社会の形成に一役買っている。

商売でも、無愛想な店より笑顔で応対する店の方が繁盛する。同様に、住民に笑顔がなく、陰気な雰囲気のまちには誰も行きたいとは思わないだろう。

観光客を誘致するにも、豪華な施設建設より、まず笑顔で温かく迎えることが大事だ。「名産は？」と聞かれたら、「笑顔、あいさつ、思いやり」と答えられるまちにしたい。

これは、個人の生活においても同じだと思う。

笑いは、人と人との心の壁を取り除き、親近感を深めて、人間関係を円滑にする。その笑いを生む最初のきっかけとなるのが、笑顔のあいさつである。

都会では、とくに人間関係の希薄さが指摘され、高齢者の孤独死の背景ともされている。

私自身、昨年まで暮らしていた仙台では、近所で出会った人同士、知らない人であっても普通にあいさつを交わしていた。ところが引っ越してきた東京・多摩地区の住宅地では、日常的なあいさつの習慣が根付いていないように感じる。

朝、ゴミの集積所に出勤途中のサラリーマン諸氏や奥さんたちがゴミ袋を持ってくるが、無言で置いていく。

「おはようございます」と声をかけると、ハッとしたように「おはようございます」とぎこちないあいさつが返ってくる。

「こんにちは」「ごくろうさん」「ありがとう」この言葉三つを心がけるだけでも、周囲を明るくし、笑顔がまちに広がっていく。

元来、日本人は欧米人に比べてユーモアに乏しく、笑いが少ないとされる。だが、日本各地に伝統的な笑いの文化があり、ちょっとした場所でユーモアあふれる場面に出会うことがある。ある河川敷に建てられた看板には、思わず手をたたいた。

「不法ゴミ、ほこりも一緒に捨てていく」

テレビを席巻するお笑いタレントの低俗なバカ笑いにはうんざりさせられることもあるが、普段の会話のなかにキラリと光るユーモアは、一服の清涼剤となって心身を和ませてくれる。

国会の論戦も馴れ合いは困るが、揚げ足取りの口汚い非難の応酬は聞くに堪えない。「私はリンカーン（高級車）ではない。フォード（大衆車）だ」（フォード・元米大統領）といったユーモアセンスのある小気味よい攻防があれば、政治に対する国民の関心も信頼も高まるはずである。

「笑いの復活」を震災復興の目標に掲げて、国民が心から笑えるまちづくり、国づくりを進め、ストレス社会の自然治癒力を高めたい。

この思いを私も行動で示すべく、昨年、友人たちとＮＰＯ「言葉と表現力を育む会」を立上げた。人の心と心をつなぐ言葉の大切さを見つめ直すことを基調に、いろはかるたを使った言葉あそびやかるた取り大会など開き、小さな笑いの輪を広げていく活動に、ささやかなエネルギーを注ぎ込んでいる。

一期一会の中で見つけた人生の輝き

栗原　小巻

東京発。仙台行き新幹線ＭＡＸの車体には「がんばろう日本！」「がんばろう東北！」「つなげよう、日本。」というロゴがプリントされていた。

宮城県を旅するのは生まれて初めてだ。私は震災直後に現地へボランティアに行くこともできず、義援金もそれほど出せたわけではなかった。しかし、被災地が復興に向かいはじめるとき「現地を観光する」ということも支援のひとつになるだろうと震災の直後に考えていた。

そこで今回、宮城県に足を運んでみることにしたのである。

松島海岸に有名な福浦橋（出会い橋）という朱塗りの橋がある。橋の先には福浦島という小さな島があり、島内は自然公園となっている。

福浦橋の通行料は二〇〇円。私は島を散歩してから、再び橋を渡って戻ってきた。発券所を通ると、行きに通行チケットを手渡してくれた売店のおばさんと目が合った。一瞬迷ったが、私は思い切って声をかけてみた。

「この度は大変でしたね…」

おばさんの表情が一瞬固まったように見えた。

『しまった!余計なことを言ってしまった』と私の中に緊張が走った。しかし、おばさんは「思いだしたくない」と言いながらも、地震が起きたときのことを少しずつ語ってくれた。

大きな揺れを感じたと思ったら、突然部屋にあった神棚が落ちて顔にあたり歯が折れてしまったこと、勤めていた旅館では女性全員が解雇になったこと、松島は観光地だから震災被害を受けたことはあまり報道されていないこと、ボランティアも他の土地に行ってしまい女性だけで二〇〇キロもある泥まみれの自販機を運んだこと…等々。

おばさんから直接聞いた本当の話なだけに地震の恐ろしさがリアルに伝わってくる。

私は自分で声をかけておきながら、おばさんに何と言っていいのか言葉が見つからなかった。何を言って励ましても、薄っぺらな言葉にしか聞こえないのではないかと、そんな気がした。自分でそう思うのだから、相手が聞いたらなおさらだろう。

思いきって口を開いてくれたおばさんの話を私は聞くことだけしかできなかった。でもおばさんは話をしながら時おり笑顔をみせてくれた。そして最後に「がんばるしかない」とそう言った。私も応援する気持ちでいっぱいだった。私はお茶を一本買っておばさんと別れた。

松島海岸駅に向かう途中、横断歩道を渡ろうとして信号で足を止めた。すると、前にいたお年を召した女性が「ボタンを押しているのに信号が青色に変わらない」とつぶやいているのが聞こえた。

信号は押しボタン式なので私も押してみたが、確かにいくら待っても信号が青色に変わらない。「本当だ…なかなか変わりませんね」と言いながら二人はそこに立っていた。

数分後ようやく歩道側の信号が青色に変わった。

信号を渡り始めると、その女性が「今日はこれからどちらに行くの?」と私に聞いてきたので、「今から仙台に戻って、あとはホテルに泊まるだけです」と答えると、「じゃぁ、私も仙台の方へ行こうかな」と言い、いつの間にか二人で松島海岸駅まで歩き、そしてそのまま仙台駅まで一緒に電車に乗ることになった。

その女性は、荷物でパンパンに膨れ上がったバッグを肩から下げていた。自分で仕立てたというワンピースを着て、髪の毛を茶色に染め、話すときはずっと笑顔だった。両手にたくさんのお土産を持っているのに足取りも速い。

「お元気ですね」と声をかけると、「今年七十五歳になります。今回は、きよしくん（演歌歌手）の仙台でのコンサートを観るために鹿児島から一人で来ました」と言うので私は驚いた。しかも、「私は脳梗塞をして、ずっと寝たきりで車いすの生活だったのですが、きよしくんのコンサートを観たことがきっかけで、ここまで元気になっちゃったんです。今はきよしくんのおっかけです。アハハ。…今も左手はずっとしびれていますけどね。大丈夫です、荷物は自分で持てます。」

嘘のような話に私は驚くばかりで「え〜っ!す、すごいですね!」と何度も言ってしまったほど。

その女性は、きよしくんのコンサートを観てきよしくんのファンになり「またコンサートが観たい」という思いが『元気になること』に繋がったと話してくれた。

個人的な関わり合いがないにしても、一人の女性の人生に影響を与え、幸せにしたきよしくん。

この女性も、きよしくんもすごい。

それで私は、その女性にきよしくんの魅力をきいてみたのだが、「よくわからない」とのこと。確かに人を好きになるのは理屈じゃないか…。

「今は、こうして好きなことをさせてもらえて、亡き主人にはとても感謝をしています。」と何度も話していた。

仙台に向かう電車の中で女性は私に聞いた。

「今回東北へ旅行に来たのは、震災後こうして観光をしてお金を使うことで復興に協力したいと思ったためですか？」

東北は震災に襲われたが、時間がかかっても必ず復興することを私も信じている。

「やっぱり考えることはみんな同じですね。」と言って女性は微笑んだ。

それでも、旅先で同じ考えの人と出会えるというのは稀なことだと思う。お互いに一人旅。その二人が出会う確率はいったい何パーセントなのだろうか？　そんなことを考えると、私は興奮した。出会いっておもしろい。

松島海岸から三十分ほど電車に乗って仙台駅に到着した。そして改札に向かうエスカレーターに足を乗せながら女性は言った。

「私は昔、エスカレーターが怖くて乗れなくてね、三歳だった娘は喜んでタッタッタッタと一人で乗って、向こうから手を振るんです。私は階段を上ってね…懐かしいです。」

そのとき見せた女性の優しいほほ笑みを思い出すと、胸に熱いものがこみ上げてくる。

娘さんは、二十歳の時、心臓の病で亡くなられた。

ＪＲ仙石線の改札を出ると、女性は「お元気で」と手を振って青森行の新幹線乗り場へ小走りで向かって行った。「もう少しの間、行きあたりばったりの旅を楽しむのだ」…と。

旅慣れた女性との別れはあっけないものだった。私はしばらく女性の背中を見送っていた。

「何か目標を持つと人は強くなれるんですね」

別れ際、女性はそう言った。

なぜだかこの女性の言葉ひとつひとつが私の心に響いてくる。

目標を見つけ、自分を信じて生きているこの女性が私にはとても輝いて見えた。そしてまた、一人の女性の人生を良い方向に変えてしまったきよしくんを羨ましく思った。

私はその女性のように輝きたいと思ったし、きよしくんのように誰かを幸せにしたいと思った。二人の生き方は素敵だ。

福浦橋で震災の話をしてくれたおばさんも「せっかく助かった命なのだから、ありがたいと思って頑張って生きていく」と話してくれた。

目標を持ち、「ありがとう」という感謝の気持ちを忘れずに、笑顔で一日一日を一生懸命生きていく。これが『幸せ』なのだ。

そして、自分が幸せになって、さらに誰か喜ばせ、それがその人の幸せに繋がったとしたら最高に素晴らしいと私は思う。

どんなに小さなことでもいいから、自分が「善い」と思ったことは行動にうつしてみる。これが『誰かを喜ばせる』ための第一歩になるのかもしれない。

世の中は、実は目に見えないものや小さいことほど大切で、その積み重ねがやがて大きな力に繋がっていく。目に見えないものは、結果がわかりづらいから焦ったり不安になったりすることもあるのだが、『感じる感覚』を持っていれば、その変化や進化に必ず気付くはずだ。

『誰かを喜ばせる幸せ』が広がっていくことで自分の気持ちも豊かになる。その『誰か』も笑顔になる。やがてそれは『明るくて強くて優しい日本』に繋がっていくのではないだろうか。

松島海岸での一人の女性との出会い。それは単なる偶然だったのかもしれないが、私にとってこの女性との出会いは私の人生の思いがけないギフトとなったことは確かだ。

あのとき、信号がすぐに青色に変わっていたら、この女性との出会いはなかった。一生のうちのたった一時間だけの出会い。巡り合わせとはおそろしいくらい不思議なもの。

おそらく、私の生き方はもうすでに変わっているだろう。

人のためが自分のためだった

長谷川　登美

私の一日は、二度と再び東日本大震災のような、辛い出来事が起きないよう願いながら、亡くなった人たちへ、静かに厳かに鎮魂と追悼の祈りを捧げることから始まる。それが、大惨事をくぐり抜け、生き延びた者の使命だと思っている。

二〇一一年三月一一日、午後二時四六分、地震規模マグニチュード9・0の東日本大震災が襲った。やがて巨大津波が海岸沿いの街を飲み込み、すべてを破壊した。原発事故も発生し、言語に絶する大惨事が次々と明らかになっていった。

このような極限状態に遭遇し、果たして人間は、立ち上がることができるのだろうか。テレビから流れる映像に、辛さが込み上げ心が折れる。「夢であってほしい。」そう思うが、起きてしまった現実を元に戻したり、変えたりすることはできないのだ。だとすると、現実を見据えて何かを学び、これからどう生かしていくべきかを考えなければならない。

寒く厳しい環境で生きてきた東北人には、「いかなる絶望からも希望を生みだす力がある。最悪の悲劇から蘇生し、躍り出て行く力がある。」そう信じることにした。

世界からも、日本中からも被災地に手が差し伸べられ、人間のやさしさを知った。私たちも、自分が被災者であるにも関わらず、必死になって被災地のことを想った。

家が全壊しているのに、炊き出しに通っていた友がいる。たこ焼き屋を営む友達夫婦は、食材を入手すると、避難所で無料でたこ焼きを作り配った。湧き水と発電機を使って庭に露天風呂を作った友人夫婦がいた。露天風呂は男性用、家風呂は女性用にし、延べ一〇〇人を入浴させた。家が駄目になった見知らぬ青年二人を、五日間泊めた友がいた。津波被災地で、泥出しなどの片付けをする「かたし隊」のボランティアに出掛ける知人がいた。新潟から自分に届いた物資を、友人・知人へと配って歩く友がいた。みんな、必死で誰かのために動いた。

人間関係が希薄化しつつある今の社会の中で、苦境にあってもなお人のために尽くす心が、誰の生命の奥底にもあるのだと知って、感動で震えた。

我が家にも、静岡県や山形県の姪夫婦が食料を運んできた。岩手県の義弟が、米や水、ガスボンベを持って来てくれた。近くの友からは、段ボール箱一杯の食料が届いた。その他にも、たくさんの人に助けられた。人のやさしさに、何度も胸を熱くし、一二人から届いた食料は、一一世帯の人たちと分けて食べた。

皆、被災し心が折れている中で、尚、困っている誰かのために生きている。人間は、かくも素晴らしく素敵だったのだ。

「被災者のために何かできないか」と、誰もが考え、何もできないことが、罪悪に感じることさえあった。「なにもできなくて」と嘆く友には、「元気は伝染すると思うの。東北中みんな元気がなくなったら復興はできないよ。元気な人は元気でいることが一番大事だと思うの。あなたは元気でいないと駄目よ」と、励ました。

東日本大震災が襲った日、私は、体調がすぐれず横になっていた。そこに突き上げるような揺れが襲った。すぐに飛び出し、庭の李の木につかまった。食器棚から「ガラガラ、ガチャーン」と食器が降り、「ドドーン」とテレビが落下した。大きく動く家を前にして、「これが、何年も前から想定されていた宮城県沖地震の再来？　家が崩壊する」と、恐れおののいた。家の中はごちゃごちゃだが、家の崩壊は免れた。この時、晴れていた空は、モサモサと降ってきた雪に一変し、不気味な空模様が恐怖に追い打ちをかけた。「市内のマンション一一階の長女の家族は？　隣接する名取市で働いている次女は？」と考えると、私はすっかりパニック状態。「一一階の揺れは、通常の一・五倍もある」と言っていた夫の言葉に、「マンションのドアは開いたか？」、「果たして逃げられたか？」、我が心は娘と二歳の孫娘のことで一杯になった。何度も安否確認を試みたが、電話は繋がらない。メールに「大丈夫？」とだけ打った。

最悪が頭をよぎる。そんな中で、何かに突き動かされたかのように、夫と二人で町内の知り合いの安否確認に走った。「この階段のヒビは、地震でできたのだろうか。上って崩れたらどうしよう、怖い」、そう思いながらも、手摺につかまり一歩一歩上った。

四時一三分、「家の中はめちゃくちゃ、今、車の中にいます」と、長女からやっとメールが届いた。「小学校に避難したが、人で溢れていて出てきて、車の中にいる。」と言う。

余震のたび、車が飛び上がるのを何度も見ていた私だ。二人のことを考えると気が狂いそうになる。

街は停電で信号も止まっている。移動すれば、真っ暗闇の街で事故に遭遇する危険もある。どうすることが最善の方法なのか、私たちにも判断ができない。「気をつけてこっちにおいで」と避難を促し、無事を祈ることしかできない。長女夫婦と孫が到着したのが、夕方五時過ぎ、胸をなでおろす。

今度は、次女の安否が気にかかる。午後五時五九分、やっと「名取北高校に避難しました」とメールが入った。ホッとしたのもつかの間、どこからともなく名取北高校のすぐ側の増田中学校や市民会館に「一〇〇、二〇〇の遺体が収容された」との情報が入り、またもや恐怖に突き落とされる。が、身動きがとれない。「避難しましたと言うメールなのだから、大丈夫なのだろうか、避難する途中で波にのまれてはいないのか」。最悪の状態が頭をよぎる。

私は、小学五年生の時に、宮城県塩釜市でチリ地震津波に遭遇、着の身着のままで逃げたことがある。宮城県名取市では、二度の集中豪雨により床下浸水も体験した。過去の水害の辛い記憶が、フラッシュバックのように蘇り、極限状態に陥る。安置された一〇〇、二〇〇の遺体が娘の姿と重なり、動転する。

翌一二日午後二時、長女夫婦が次女の確認へ名取市に出発するが、携帯電話は依然として圏外。迎えに行った長女夫婦とも連絡がとれない。帰って来たのが、午後六時。げっそりした次女が立っていて、涙が溢れる。

後で、次女の勤めている職場の六〇〇メートル先まで、津波が押し寄せたことを知った。次女は、避難しながら「家が崩壊し、みんな死んだのではないか?」と、私たちを心配したと言うから、娘もまた悪夢と戦った二日間だったのだ。

ライフラインは、寸断され、水なし、電気なし、ガスなし。懐中電灯の電池も、いつ果てるとも分からない。食料にも限界が見えた。そこで考えたのが、共同生活。すぐ傍に住んでいる妹に思いを打ち明けた。娘家族共々、妹の家で三世帯一〇人の共同生活をスタートさせた。互いの家にある役立ちそうなものすべてのものを持ち寄った。共同生活により、残り少ない懐中電灯の電池も、保たせることができた。燃料も少なくて済んだ。余震の恐ろしさも、大勢いれば半減でき、生き抜くためのさまざまな知恵も生まれた。一四日間続いた共同生活で、私たち家族は妹の家族に救われたのだ。皆の絆を強くした出来事でもあった。

主人の同級生が三人亡くなった。友達のお父さんやお母さん、お姉さんが亡くなった。甥の大事な友達が、亡くなった。娘の友達は、幼子を亡くした。誰もが縁した誰かを亡くし絆を断ち切られ、失意のどん底に突き落とされたのだ。容易に消えることのない傷を、誰もの心に残した大震災だった。

私は、「私にできることはなにか」を一生懸命に考えた。「沿岸部が壊滅状態になった私の第二のふるさと宮城県名取市を元気にしたい」それればかりを考えた。が、「最悪の状態の人の心に寄り添うことなどできるのか。傲慢ではないのか」と、葛藤が続く。そうした苦しみの中で、「被災地名取市へ絵手紙を届ける」と決めた。絵手紙の表には、二〇〇字で私が水害を乗り越えた体験を書いた。夢中で書いた。最初の一五〇枚が出来上がった時、視力が悪くなりドクターストップがかかった。四〇〇字詰め原稿用紙七五枚を一気に書いたことになるから当然だったのだが、被災した人のことを想うともう止められない。目の調子を気にしながらも友人・知人・見知らぬ人たちへと、一年間で一〇五八通の絵手紙をかいた。

　絵手紙が届いた人からハガキが来たり、電話がきたりしてその度に泣いた。先日は、見知らぬ人から届いたハガキに「我が家はいちご農家でしたが、今回の津波で家も畑もすべてながされ、今仮設に住んでいます。でも決してあきらめる事なく、すべて前向きに行動しています。いつか又、いちごが作れる日が必ず来る事を信じています。絵手紙を毎日、見るのが日課になりました。ありがとうございました」と。

　東北の人たちは、何十年も厳しい環境で生き抜いてきた力ある人たちだ。いかなる風雪にも屈しない耐え抜く生命力があることを教えられたようで、また泣いてしまった。「被災した人を元気にする」つもりが、心が折れていた私が元気になっていた。限りない勇気をもらった。「人のために」と思っての行動は、「自分のため」でもあったのだと教えられた。

　誰もが、一人では生きられない。誰かに支えられ、誰かを支えて生きているのだ。人間の素晴らしさを結合させて、東北は必ず立ち上がる。東北人の一人として、復興を思い描き、希望を生みだしながら、絵手紙をかき続けようと思う。復興のその日まで。

イランより「同胞よ、我々は日本を諦めない」

奈良　玲子

「戦後、二〇年足らずにしてオリンピックの開催国になったんですよ、日本は。今度もきっと大丈夫」「私は、その翌年に生まれたのよ」「えー、先生ってそんな昔から日本人なんですか」二〇一一年三月一一日に東北地方を襲った大震災をめぐっての私とイラン人学生のやりとりである。

ここは、中東イランの首都テヘランにそびえる国立テヘラン大学外国語学部日本語日本文学科。春休みを利用して日本に帰国し約一ヶ月ぶりにテヘランに戻ってきた私に三年生の学生たちが、かわるがわる震災の様子を尋ねるのであった。

あの日、三月一一日私は、震災が起こった数時間後に日本に降り立った。その日、ほぼ全ての飛行機がそうであったように、私が搭乗した機もやはり震災の影響で本来の到着空港である成田には着陸できず、関西国際空港にその地を変更し無事着陸を果たしたのであった。

人、人、人。空港内はスーツケースを載せたカートの足がとられんばかりの混雑の仕様である。「どうやら、相当大規模な地震が起こったらしい」「携帯電話が通じず連絡がとれない。家族は無事であろうか」「これだけの人が今晩、宿泊できるホテルはあるのだろうか」情報が乏しい状況下、どの顔にも不安、恐怖、疲労の念が隠せない。

そんな中、私はやっとの思いでホテルを探し出すことに成功し、今宵の宿に落ち着くことができた。日本到着後、既に六時間が経過しようとしていた。

その晩は、日本中、いやイランをはじめとした世界中の人々がそうであった様に、私もテレビから流れてくる未だ見たこともない自然の驚異に釘づけになったのだった。建物、車、人間をもその勢いでのみ込んでいく水の脅威。津波が襲ってくる直前まで、そこに存在したであろう人々の生活が一瞬のうちに流れ崩れていく様を信じられない思いで呆然と見入ったのである。その光景は、自らが約二〇年間関わってきたイランの人々が体験した革命、戦争を私に思い出させるのであった。彼らが、心身共に受けたであろうダメージと今回の震災を重ね合わせていたのである。

一九九一年一二月、私はイラン航空の日本人客室乗務員としての訓練を受けるため初めてイランの首都テヘランに降り立った。黒、白、グレーで装飾された空港内には、革命の父と呼ばれる故ホメイニー師の写真が大々的に掲げられていた。

イランは、一九七九年に革命を成就させ、それまでの王政政権からホメイニー師の提唱する政教一致を掲げたイスラーム共和国に体制を変換させていた。また、その翌年には、国境をめぐってのイラン・イラク戦争に突入し、約八年間の戦闘の末、停戦を受け入れるという歴史の上に形成された国である。

私が初めてテヘランを訪れた当初は、革命からは一二年、戦後三年という月日が既に流れていた。テヘランの町を行きかう女性たちは皆、革命後、身体の線が隠れ、くるぶしまで隠れるゆったりとしたコート、或いはチャドールと呼ばれる大きな黒の一枚布で縫製されたイスラーム式のドレスでその身を覆い隠しての外出を余儀なくされていた。

「どうしてそんな危険な場所に」「航空会社は他にもたくさんあるのに」当時、イラクのクウェート侵入に端を発した湾岸戦争の最中であったということもあり、家族をはじめとした多くの友人、知人に反対されてのイラン入りであったため、私はそう簡単に弱音を吐いて、おめおめと帰国することは出来ないと、緊張した面持ちでテヘランでの生活をスタートさせていた。

が、しかし現実はそんな私の不安を打ち消すものであった。過酷な歴史に翻弄されたかのイランには、日本の様な作られた洗練さこそないにしても、町々には活気が溢れていた。イスラーム式ドレスに身をまとった女性たちは、徐々に舗装されつつあった街路を闊歩し本来ならば手の甲までスッポリ覆い隠すチャドールの袖口をたくし上げ女性ドライバーとして車を自由自在に操っていた。

そのエネルギッシュな人々の様子から、革命、戦争の傷跡を手繰り寄せるのは、むしろ困難であるかのようにすら見受けられたものである。戦後の日本人もそうであったのだろうかと考えずにはいられない思いであった。

その後、私はそのエネルギッシュな、日本人びいきの国民性に助けられ無事客室乗務員となり、イランと日本を往復する生活を約一七年間継続することになったのである。

今、考えると一三時間という長時間のフライトは、イランの人々の国民性、文化、その歴史を学ぶのに絶好の場であったと感慨深く思い出される。「戦争中、フライトを終え、自宅に帰ってみると何と我が家はイラクの爆撃を受けて見る影もなくなってしまってい て一面が焼け野原と化していた」「平和な時代になって今は、こうしてスチュワードとして乗務しているが、戦争中は第一線で戦っていた。目の前で何人もの戦友が敵の爆撃にやられ帰らぬ人となった」など戦争中の体験を語ってくれた彼らは、一様にして「それでも、ありがたいことに、自分は生きながらえて、今こうして働いている」と現在、自らが置かれている状況に感謝するのである。

彼らは強い。踏まれても踏まれても根元の部分で踏ん張り、その弾力で再び元の真っ直ぐな佇まいに戻っていく道端の雑草の様に。イスラームの教えの影響もあるだろう。が、やはり何といっても彼らが持つ遊牧民族特有の「生」に対する開放的な観念、ゼロからの出発を潔く受け入れ、確実に自らの糧にするしぶとさ、力強さなどの国民性からの影響が大きいのではないだろうか。

当時、テヘランの町を歩いていると、その頃イランで爆発的な人気をはなっていたテレビ番組「おしん」について話しかけられることが多々あった。「おしんの頑張る姿に私たちイラン人がどれ程勇気づけられたことか」「日本人のああいった努力、我慢強さが戦後の日本の復興を支え続けたに違いない」と口々におしんを褒め称えるのだ。おしんはゴールデンタイムに放送され、その時間になるとテヘラン市内の人通りが、激減するといわれた程の人気ぶりであった。

彼らは、一様に「私たちイラン人は、おしんの持つ日本人魂に学ぶところが大いにある」と日本人の素晴らしさを語るのだ。私自身も日本人であるということだけで、身に余る程の賞賛を受けたものである。

二〇〇八年、私は一七年間、客室乗務員として勤めた航空会社を退職し、一大決心の末彼らの社会を学ぼうと、テヘラン大学の社会学部博士課程にて、学生生活をスタートさせることにした。実に充実した一七年間の乗務員生活であったが故、イラン社会について より一層学びたくなったといっても過言ではない。時を同じくして、同大学で日本語を教える好機にも恵まれた。現在はイラン人学生の若い、真っ直ぐな好奇心、情熱から生きる喜びを感じている日々である。

また、学生として在籍中の社会学部においては、教授をはじめとし、近い将来この国を担っていくであろう博士予備軍ともいえる学生から日本の社会、文化、政治などについての質問を受け授業を脱線させてしまうこともしばしばである。それでも教授はもとより全ての学生が、私を通して知る日本に神経を集中させ熱心に耳を傾ける。また、折にふれて担当教授からは、私の日頃の勉強不足に対しての叱咤の檄《げき》を頂戴している。「努力家の日本人なのだから」「日本人根性できっと乗り切れる」更に時には「戦後、二〇年足らずで、あれだけの経済大国を築き上げた日本人の血を受け継いでいるのだから、もっと頑張れるはず」などという激励も。とにもかくにも、ここイランでは、日本人びいきの人が多いのである。そして、その理由を尋ねると、皆口々に日本人の勤勉さ、実直さ、或いは戦後の暗黒時代から経済大国へと変貌を遂げた日本社会を賞賛するのである。と、同時に日本人である私に「あなたの国は、実に素晴らしい。日本人であるあなたは本当に幸せ者だ。戦後あれだけ早く復興を果たした国が日本以外にあるだろうか」と異邦人である私を褒め称えるのである。

今回の東北大震災にしても同様で、ここイランでは、皆口々に映像を通して映し出される災害の様子に圧倒されたと訴えながらも、被災地における日本人のマナーの良さ、互助精神の徹底ぶりに感動したという意見を幾度となく耳にした。

現在、イランは核問題で何かと注目を集めているが、そこに暮らす人々はイスラーム革命、八年にも及ぶイラン・イラク戦争などを立て続けに体験し、現在ではアメリカからの経済制裁を受け、苦しい生活を余儀なくされている一般市民に過ぎない。彼らは今、新たな窮地に立たされている。が、それにも増して彼らの生きることに対する情熱は決して衰えることを知らない。そして今回、震災で大きな受難を課せられた我々日本人の痛みを理解し復興を信じ見守るいわば海外の同胞なのである。

昨年、日本に留学経験を持ち、現在はイラン各地の大学で教鞭をとる教育者たちが中心となって立ち上げた「東北大震災チャリティー講演会」に参加した時のこと。元留学生を代表し、学生時代を宇都宮大学で過ごされたという教授の追憶。「今から約二〇年前、私は日本人の頑張りの魂を学んだ。そしてそれは生涯、私の性格の一部となり、私の学生に引き継がれるのだ。第二の祖国日本を私は決して諦めない」と。

日本人の私が今出来ること、やらねばならぬこと、それは今や、私の第二の祖国となったここイランで、教え子をはじめとしたイランの人々に日本人として私の内面を培ってきた粘り強さ、寛大さ、協調性などの日本人としてのアイデンティティーを教授し、この国の未来に役立てて貰うことではないかと自負している。第二の故郷に暮らす人々の幸多き未来を願いつつ。そして、遠く離れた私の祖国、日本の復興を信じて。

目薬は心の薬

大久保　光子

私は、最近読んだ本の中で、とても心に残っている言葉があります。それは帚木蓬生さんの著書で『逃亡』という作品の中にある目薬という言葉です。

人は辛い体験をした時、ただ何としても一日を生きのびなければならない。その一日一日が日薬となって、辛い気持ちは少しやわらぐ。でも人は日薬だけで回復する事は難しい。どんな人にも目薬が必要なのだと、その本は言っているように思います。

では、目薬とは何なのか。それは周りの人、家族や友人が見守ってくれる目です。いつでもどんな事があっても、あなたを見守り、案じ、幸せを願っているよという暖かな目がなければ人は辛い出来事から立ち直れないし、生きてさえいけないかもしれません。そんな目の力が目薬です。私達は気づかないうちに、たくさんの目薬の力をいただいて、生かされているのかもしれません。

先日、友人の家で食事会をしました。美味しい料理に気のおけない友人達との楽しい会話。最高に楽しい一時の中で、東日本大震災の事が話題にのぼりました。

「テレビのニュースや特集、見なくちゃあと思うんだけど、何となく辛くてチャンネルかえちゃうんだよね」

ある友人が言いました。皆がうんうんとうなずきました。そして、私もその中の一人でした。被災者の方達が、いつも無関心になられて忘れられるのが一番こわいと言っておられたにもかかわらず、私達は一歩ずつそこにむかっていっているのかもしれません。

当事者ではない私達でも苦しみ悲しんでいる人を見つづけるのは辛い事です。つい目をそらして楽になりたいと思ってしまうのです。でもそれは、辛い現実から立ち直ろうとしている人達の苦労や努力からも目をそらすという事でもあります。

この日本という国に、同じ時代に生まれた私達は、他人と言い切ってしまうには、心にひっかかるものがあります。皆、狭い日本に住む隣人です。その隣人達の惨状や嘆きや苦悩を、私達はいやというほど報道を通じて見てきました。それらは、一年以上たってもとても解決されたとは言えません。もっともっと長い目で将来を見守っていかなければなりません。それが、今この日本に暮らしている私達の責務なのではないかと思うのです。目をそらすなど、決してしてはいけない行為なのです。

前に書いた目薬を、被災者の方達は何よりも求めていらっしゃるのではないかと、私は思います。目に見える復興も勿論大切ですが、日本中から届く、

「忘れてないよ。心配しているよ。見守っているよ。応援しているよ」

という国民の目が、一番心強いのではないかと思うのです。それが一番の心の薬になる。それが目薬です。

私は、力も財もない一市民ですが、無関心だけはやめようと思っています。帚木さんの作品を読み、目薬という言葉の意味を知ってから、何につけても無関心である事は最悪で、時にはそれは罪でさえあるのだとわかりました。国政でも身近な生活の事でも、他人事と目をそらしてしまったら、そこからは何も生まれないし、人として成すべき事をしないまま終わるような気がします。それで本当の意味で生きたと言えるのでしょうか。

何も難しい事をする必要はないと思います。一日一日を大切に生きる。可能な限り周りの人に関心を持ち、目と心を届ける。社会で何が真実なのか、探しつづける。それらは、災害が続いてとても辛い状態の日本でも、今からでも出来る事だと私は思います。

私は、十五年以上パートでヘルパーをやっています。措置派遣の時代から介護保険を経て現在に至るまで、次々に政府の方針が変わりとまどう事も多々ありましたが、仲間達と悩みを分けあって今日まで何とか続けてくる事が出来ました。

何より私が訪問してお客様が笑顔になって下さる事が嬉しく、相手がほんの少し幸せな時間を持って下さったと思うと、私はもっと幸せな気持ちになれました。ヘルパーという仕事をしていなかったら、私は人生でこんなにも多くの人達に巡り合う事はなかったでしょう。

しかし、長い時間の間に、私の心は馴れという錆で腐食がすすんでいました。あんなに嬉しかったお客様の「ありがとう」の言葉も、当り前とは思わないけれど、前のように心に響かなくなっていました。仕事に行くのも、惰性のような時もあります。これではいけないと思いながら、心は動きませんでした。

そんな時、定年退職する仲間から仕事を引き継ぎました。彼女は腰に痛みがあり、通院もしていて、ひどい時は私が見ても大変だなあと思うくらいなのです。しかし、仕事中の彼女からは、そんな事は微塵も感じられませんでした。きびきびとした動きでテキパキと仕事をこなす彼女は、正にプロでした。その中にも彼女のやさしさ、思いやりの深さが感じられて、同行した私が感動してしまう仕事ぶりだったのです。私は頭をガンと殴られたようなショックを受けました。私は何を甘えていたのだろうと。私は仕事でも、日常生活においても、相手の為にベストをつくすという事を忘れていたのです。ずっと真摯に生きるという道からはずれた生き方をしていました。

彼女と仕事をした事が、私にその事を気づかせてくれ、ぶれを修正して原点に戻る機会をくれたのです。真摯に生きていない人間が何を言っても口だけで、人を納得させたり人の心を動かす事は出来ないと、彼女は身をもって教えてくれました。

長い人生、これからも私は自分では気づかなかったり、気づいてもどうしていいかわからない事が多く出てくると思います。でも、私の周りには私を身をもって導いてくれる人や、私をずっと見守ってくれる目薬の人が何人もいます。だから、私は生きていけます。人は、そんな人がいないと生きていけないと私は思います。私も微力であっても、これからも家族の、友人の、お客様のささやかな目薬になっていこうと思っています。

一人一人がささやかな地域の、日本の目薬になれば、孤立する人や絶望する人が本当に少なくなるのではないでしょうか。とても大変な日本です。自分の事で精一杯で、他人の事など気にかけていられないと言う人も多いかもしれません。でも人は一人では生きられない。それは誰にとっても真実です。物心共に、誰にも頼らず生きている人などこの世にはいないと思います。遭難して孤島に流れついたとしても、心には支えになる誰かがいるのではないでしょうか。

私はこれから相手にとってベストな道とは何かを考え、どうやればそれにより協力できるかをさぐりながら行動していきたいと思っています。自分の考えだけで良いと思った事を相手に押しつけても、かえって相手を傷つけてしまう事にもなりかねません。相手の事をもっともっと深く思う心が大切なのだと思います。

今日本に大切なのは、何事も深く考える事ではないでしょうか。表面的な浅い部分ばかりを滑るように感情を動かされて一喜一憂する生活では流されるばかりで、何も生まれてきません。

どっしりとした太い幹のような、強い風にも耐える不動に近いものを自分の中に、そして社会に育てていかなければ、日本にも私達にも真の幸せはやって来ないと思います。今以上に強い嵐がやってきた時、私達は何に手をのばしてすがり、その嵐をやりすごすのか。それを一人一人が考え、実行し、実現させていけたらと思います。社会の片隅の小さな一人一人が、蟻のように力を結集し、社会を変えなければなりません。時間は容赦なく過ぎます。後悔しない為に、自分にとって、家庭にとって、地域にとって、社会にとって何が大切なのか今一度考えてみたいと思います。

〔参考文献〕
○帚木蓬生著『逃亡』新潮社、一九九七年

第三章　日常に美徳こそ生き抜く基礎

三文字の「どうぞ」こそ心の接着剤　他人を気遣い、周りの人を思いやり、時には心に添った言葉を投げかけて、日本人の地力を発揮しよう。未曾有の大震災は、当たり前だった数々の美徳に気づく契機でもあった。

太陽の下を胸を張って歩く勇気　事業に失敗し借金を抱えたが、誠意を示し続けたことで債権者と和解し返済のゴールも見えてきた。もがき這い上がる姿を隠さず見せたことで、息子とは、男同士程よい距離感の関係になれた。安易な救済に頼った友人、開き直った友人に自分の姿を見せたい。「太陽の下を胸を張って歩く毎日。この当たり前のことを一次の逃避のために放棄してはならないし、国が安易に誘うことは未来にもつながらないのでは？」と問いたい。

大災害を乗り越える力とは——人間本来の姿　明治三陸大津波。宮城集治監の看守・囚人・地域住民は、日常が破壊されたとき、一人の人間として互いに向き合い大災害を乗り越えた。人間が本来の人間に立ち戻るこの力こそが「生き抜く」力なのだと思う。東日本大震災でもこの力で多くの命が救われたが、日常性に囚われたままの行動もあった。今後、災害を切り抜けるためには、このままではいけない。

善意の連鎖　カナダで経験した東日本大震災の募金活動。遠く離れた知らない人々を思い、祈り、支える。そんな強くやさしい心を、人は持っているのだと知った。このことは日本が生き抜くための一歩にもつながる。微かな力がいつか大きな力になることを信じ、私は強く優しくありたい。

互助から共創へ——「結」の慣習が繋げる〝遠距離介護〟　遠い故郷で父の介護をしているのは私の幼なじみだ。故郷、白川村に伝わる「結」とは、互助の精神のこと。それは人の情感を顕在化させ相乗効果を生み出す「共創力」となる。介護に携わる人のみならず情に厚い日本人に持ち続けてほしい精神である。

三文字の「どうぞ」こそ心の接着剤

菊地　史子

震災の翌日、雪のちらつく中、黙々と新聞配達をする人と出会った。一生懸命に通常の業務を行うその姿に、驚きと感謝の気持ちでいっぱいになった。しばらくして郵便屋さんのバイクの音がした。ふだんの生活と変わらないバイクの音は、部屋中に散乱する本や瀬戸物を前に、どこから手をつけたらよいのか途方にくれていた私にとって、今できる事を淡々としなさい、という応援歌に聞こえた。

配達の人も余震と寒さで眠れぬ夜を過ごしたであろうし、震災直後ゆえ配達を中止にしても、誰も文句を言わないであろう。それでも、何としても届けようという律儀な努力に、一瞬震災を忘れて感銘を受けた。後日、新聞配達の人に話を聞くと、車のライトで店内を照らし、手元はローソクの明かりで作業をしたそうだ。

いつもどおりに職務を遂行していた二人の姿が、日本人の精神力を考えるきっかけとなり、そこに生き抜く力の鍵があると思った。

震災一週間後、駅前からバスに乗った。バスのダイヤは大幅に乱れ、車内は、つり革も空きがない状態であった。発車後、母親に抱かれていた赤ちゃんがぐずりだした。周辺の乗客は、数分後に赤ちゃんは大泣きするだろうと覚悟をしているようで、ある種の緊迫した空気が漂った。

するとで赤ちゃんのそばに立っていた男の子が、腕につけていたミッキーマウスの時計をはずした。再度ベルトをして輪をつくり、ミッキーの顔を赤ちゃんに向けてぐるぐると回しはじめた。赤ちゃんは、その動きに興味をもち、時計を捕まえようとして手をのばした。やがて先ほどのご機嫌ななめはどこやら、キャッキャッと言いながら、はしゃぎだした。張りつめていた空気は一変した。その様子を見ていた会社員風の中年男性が「ほう坊やは、なかなか機転が利くね」と言って拍手をした。男の子には、機転が利くという意味が分からなかったようだ。

男性の隣にいた私も、思わずつられて手をたたいたのだが、私は、機転もさることながら、その場の「気遣い」に胸をうたれた。小学生ぐらいかと思われる男の子が、赤ちゃんを気遣って自分にできることをした、その心情をおもんばかって心が震えた。周辺の乗客は「いいお兄ちゃんだね」「まあ感心なこと」などと、それぞれ感想を口にした。数分後母親と赤ちゃんは、男の子にお礼を言って下車した。そのとき初めて気づいたのだが、男の子は赤ちゃんのお兄ちゃんではなかった。拍手をした男性も「おやッ」というような顔つきで後ろ姿を見つめていた。

まもなく次のバス停が見えてきた。古武士の風格のあるご老人が立ち上がり、男の子と手をつないだ。「帰ったらバスの中で褒められたことをパパとママにお話ししようね」と言いながら降車口に向かった。驚いたことに、このご老人は今まで座っていて、男の子は立っていたのだ。乗り物内で、子どもは座らせ、大人が立っている情景を見慣れていたので、とても新鮮に思えた。

男の子は、赤ちゃんと兄弟ではなかったのに、どうして赤ちゃんの気持ちを察して行動に移せたのだろう。福沢諭吉の言葉を思い出した。「一家は習慣の学校なり」。子どもが生まれて最初に出会う先生は、両親や祖父母である。男の子は、常日頃このご老人の薫陶を受けているのかもしれない。日常の何気ない言動が、無言の教えになっているのだろう。雨降りの傘かしげのように、自分の周りの人を気遣うことは、古来日本人なら当たり前のことだった。素地があったとはいえ、昔から重んじられてきた日本の美徳を、子どもながらに備え持っていることを目の当たりにして、何とも嬉しく希望がもてた。大人は、次の時代を担う若い世代に関わる責任がある。心の伝承の糸を細めずに、以前は当たり前だったことに立ち戻ろう。そして今こそ日本人の魂を呼び戻そう。

ほどなく自宅近くのバス停に着いた。降車客は二人だった。バス停の左右に分かれて歩き出すと、背後に人の気配を感じた。ふり返ると先ほど一緒に降りた人が追いかけて来た。息をはずませながら「あの突然ですけど五袋入りのラーメンを買えたので」と、見ず知らずの私にラーメンを一袋さしだした。「うちは四人家族なので、どうぞ」と言う。そのとき私は空の買い物袋をさげていた。スーパーの行列に並んだのに、何も食品を入手できなかったと思ったのだろう。そしておそらく、車中からずっと空の買い物袋を気にしていてくれたのだろう。わざわざ戻って来てまで一袋分けてくださる、その「思いやり」に感動を覚えた。震災後は、瞬く間に食料品や日用品が手に入らなくなり、不自由な生活をしいられた。そんな折、思いやりの精神を実践する人と、共に生きてきたのだという感激を味わい、元気が出た。

思いやりとは、相手の立場や心情を察することのできる想像力といえるだろう。日本人は、いにしえより余白を読み取り、行間を読んで、人の気持ちや動きを想像してきた。震災後の遥かなる茨の道を一歩一歩進んで行くために、想像力をいかに研ぎ澄ますかが、一人ひとりに求められよう。他人をわが身になぞらえてみる想像力は、困難を乗り越え生き抜く力、そのものである。

震災一年後、地下鉄車内で目にした光景である。お年寄りが乗ってきて女子高生の近くに立った。女子高生は黙って席を譲った。だが、お年寄りは気づかなかった。あっという間に中年男性が腰かけてしまい、新聞を読みだした。女子高生は、ふり向いて小さな舌打ちをし、乗車している間中その男性をにらんでいた。せっかくの好意が無になってしまった。だが、どうしてお年寄りに一言「どうぞ」と言えなかったのだろう。メールなら饒舌になるのだろうか。たった三文字の「どうぞ」の発声で、お年寄りは自分に譲ってくれたことに気づいたであろう。心の中は、きちんと声を出して伝えなければ他人には分からないということを再認識した。

震災後は「どうぞ」を、いたる所で耳にした。「どうぞ、よろしく」とボランティア仲間にお辞儀をし、「どうぞ、お一つ」と見知らぬ人からのど飴をもらい、「どうぞ、持ちましょう」と重い荷物に手を貸して、給水車の長い行列に、泣く子を連れて並んでいる人には「どうぞ、お先に」と少しでも順番を早め、被災地を離れる人には「どうぞ、お元気で」と見送った。「どうぞ」は、とってをきの接着剤になって幅広い年齢層の人たちとつながった。たとえ短い言葉であっても、「声の力」で気持ちを届ければ、人と触れ合い、つながることができる。

残念なことに近頃は、二文字すら声がない。銀行や郵便局の窓口で名前を呼ばれても「はい」と返事をする人が少ない。プライバシーの問題で、名前が番号に代わっても返事は聞こえない。そもそも名前を呼ばれたら返事をするのは当たり前のことで、幼稚園生のレベルである。今や大人はお手本になっていない。会社でもしかり。上司が「○○さん、ちょっと」と部下を呼んでも無言である。「見ればわかるでしょ。あなたの席に向かって歩き出していますよ」ということなのか。一方、上司も「おはようございます」と部下が挨拶しても、黙ってうなずくだけである。声を出して挨拶されたら、こちらも声を出して返すのが礼儀である。人は、挨拶の二言三言のあいだに、お互いに目の表情を読み、顔色を見て、全身が漂わす気配を感じ取っているのだ。

もっと声を出そうではないか。そして時には家族以外の人にも話かけよう。震災直後は、あれほど見知らぬ者同士が街中で会話をしていたのに、一年経つと人は、もう忘れてしまうのだろうか。声かけ、言葉かけは、生きていく基盤であり絆である。日本人が忘れかけていた、つながり助け合うことの大切さを改めて思い知った。

人が絶望の淵に立たされ、わずかな希望を胸に再び歩き始めようとするとき、頼りになるのは人とのつながりである。人は人のぬくもりが無いと生きられない。人は人によって傷つきもするが、人でしか癒されない。多様な価値観と生き方が受容される豊かな時代にあっても、もう少しおせっかいになっていいと思う。なぜなら、人は受容し共感してくれる人が一人でもいれば、頑張れるからだ。諺にあるように「共に喜べば喜びは倍になり、共に悲しめば悲しみは半分になる」。

震災で環境が激変しても、生き抜く力の本質は変わらない。日本人の精神力を発揮し実践に移すことは、今日からすぐに、誰でもできる。他人を気遣い、周りの人を思いやり、時には心に添った言葉を投げかけて、日本人の地力《じりき》を発揮しよう。未曾有の大震災は、当たり前だった数々の美徳に気づく契機でもあった。

太陽の下を胸を張って歩く勇気

小関　秀昌

彼の母親からこんな報告が。「○○、返って来た学費の一部を義援金として募金したって」。

我が息子を敢えて「彼」と記する理由は読み進めて頂く中お察し頂くとして、そんな彼が通う私立大学では、各学年の成績優秀者に奨学金と称し、学費を返金する表彰システムを採っている。一年生時は全額、今年も半額を、彼は自力で受け取っていた。

二〇〇六年春頃、自事業に行き詰まった私は窮地に立っていた。引き際を躊躇した代償は大きく、総負債額は一千万円超。担保となる不動産を有さず、ノンバンク系からの多額の借入が焦げ付き、債務整理と対峙の毎日が始まっていた。

奇しくも同時期、成人後に知り合った同い年で異業種の事業主二人が、私と同じ状況下に置かれていたのだが、各々の選択行動は全く違っていた。

印刷業のAは私とほぼ同額の負債を抱え、そんな彼が採った行動は、小売客や取引先や借入先金融機関、全てからの督促の電話と書面から逃げ続ける事だった。独身一人暮らしで精神的に完全に参っていたAは、結果裁判所に訴状を出され、自己破産の道を辿る事に。

もう一人の小売店店主のBも、状況は私達と酷似していたが、彼の行動は全関係者の想像を超越していた。人望も厚く、私も一目置いて彼に習う事が多かったのだが、何と常連客だった男性の妻を寝盗り、ご主人のお嬢さんを追い出し、自店舗までも現状放置放棄して潜伏生活をスタートさせてしまった。女性は昼夜を問わず働き続ける一方、Bは反社会勢力関係者とも交流を深め、彼自身の身柄を掴まえる事が困難なまま、今日に至っている。

私は何としても自己破産だけは避けたかった。高級外車一台分程度でギブアップする事に対し、強い抵抗感が有ったのが、当時の一番の理由と最後の意地だった。しかし、複数の弁護士に相談しても、当時の現状と近未来の展望から、自己破産を勧められるばかり。そんな当時、「過払い金を取り戻せる」と謳う宣伝がメディアを踊っていた。私は専門書片手に、個人で各金融機関に任意整理を申し入れる事にした。二〇〇六年晩秋の事。

それまでも、絶対に債権金融機関からの督促は無視しない事と、状況が動けば自ら随時現状報告をする姿勢を徹底していた。個人や取引先への決済を優先していた事と、時代が法定金利引き下げ云々にスポットを当ててくれた偶然が、結果幸いしたと判るのは後年の事だ。

電話の着信音と郵便の配達音に、病的過敏に怯えるあの感覚、経験者なら思い返しただけで背筋が寒くなる筈だし、それは私も一緒だった。

そんな中、逃げない姿勢を各金融機関も評価して下さったのか、誠意的に割戻し（＝過去の履歴から過払い金の有無を算出する事）に応じて下さり、結果的に予想以上の金額の過払い金を充当相殺頂く事で、最終的には計七社で五百万円弱、これを最長五年超という長期間で各社に均等返済させて頂く和解案の合意に至る事が出来た。事業所を引き払って一年以上が経過した、二〇〇七年初夏の事。

月々の返済額が、奇しくも畳んだ自事業所の家賃月額と全く同額だった偶然を、「心の中で自分は未だ事業主だ」……そう捉える事で勇気が湧いて来たし、敢えて税務署には廃業を届けなかった。破産破綻していない以上、法的に私の事業は存続しているのだから。

自己破産で債務責任を逃れ、元気を取り戻したAは、「破産しちゃえば楽なのに」「生活保護受ければ沢山貰えるのに」と繰り返すばかり。第三者の指南で生活保護を受け、法的に処分すべき動産を隠し持ち、内緒でアルバイトに従事し、就職支援を掲げた講習を受講して月収を得る暮らしを続けるA、多い時には月額二五万円超の現金を得ていたとか。国の弱者救済制度、根本から見直すべきだと強く感じる事も多々あったが、悪い事は出来ず、Aは最近、自己破産者に禁止制限されている諸々の行為が露呈し、窮地に追い込まれているらしい。

ギリギリの状況で返済を続けていた私の体調に異変が生じたのが、二〇一〇年春。無意識の中の無理が祟ったのか、左膝がパンクした上に、声が全く出せなくなり、元来悪かった右目の視力は殆どゼロに。いずれも当時従事していた職務上、致命傷とも言える状況下、退職せざるを得なくなってしまった。折しも彼の大学入試本番直前、私は再び無職となり、和解に応じて頂いた各金融機関への返済が再び滞り始めた。

和解書面には『二ヵ月遅延すれば問答無用で遅延損害金額を加算した一括返済。財産や給与の差し押さえも可』という文言が刻まれており、流石にこの時点で「万策尽き果てたか」と、独り静かに腹を括った。それでも最後の足掻きと再度複数の弁護士に相談してみたが、声を揃えて、「自己破産のお手伝い以外のご相談はお受け出来ません」だった。

私は各債権金融機関にありのままを口頭で伝え、「説得力は無いけれど、自己破産するつもりは無い。仮にそうなったにせよ、再度仕事に従事出来るようになれば、僅かずつでも返済を継続させて頂きたいと思っている」と直筆の書面を送付した。

するとそれを境に、各社からの督促連絡が止まった。一週間、二週間……流石に別の意味で不安を覚え始めた頃、立て続けに封書が届いた。「遂に引導を渡す通告が届いたのか……」。覚悟はしていたが、やはり開封時には僅かに指先が震えた。しかし記されていた内容は、全く別の意味で我が目を疑うモノだった。

「事情を察し、これまでの誠実な姿勢を評価させて頂き、就業復帰まで、元金のみの据え置き状況にてお待ちします。当社からは今後、督促は差し控えます」。既に完済を終えた二社を除く、残り五社の内四社が、ほぼ同一内容の回答を届けて下さった。

慌てて問い合わせた中の一社の担当者が、電話口でこんな風に。「普通なら私共からの電話や書面から逃げ回られるのに、貴方は常にご自身から連絡下さり続けた。非常に希有なケースです。私共もプロですから、やりとりだけで状況やお人柄は間違いなく判ります。どうぞ焦らず再就業を目指して下さい」。

医師の診断書等の公的書面の提示すら要求される事無く、最大限以上のご配慮を届けて頂く事で、私は自身の体調と金銭面、双方を立て直す時間猶予を持つ事が出来た。

その後、二〇一〇年秋には自身の体調を理解頂いた上で雇用契約締結に至り、加えて自身の特技を活かした自宅請負の仕事も徐々に軌道に乗せ、債務返済を再開。可能な限り返済金額を増やす形で遅延分を取り戻し、当初の和解案の『二〇一三年五月に全債権者に対して完済』の予定通り、ゴールを目指している。順々に完済出来た債権金融機関が増える分、僅かずつ負担も軽くなって来ているが、油断は出来ない。

冒頭に記した奨学金の返金を得た彼が昨年、「オヤジに出して貰ったお金だから、これを充当すれば？」と母親に申し出ていたらしいが、私はそれを固辞していた。「それはオマエが努力して稼ぎ出した、いわば賞与だから。自分の尻は自身で拭き切ってみせるから、見ていろ」と、直接彼に伝えた。

これも教育。私は自身がもがき這い上がる過程を、一切包み隠さず彼に見せて来た。仕事探しに行く片道の電車賃すら無く数駅を歩いた事も、債権者に頭を下げる姿や口調も、ありのまま晒《さら》して来た。彼も顔を背ける事無く受け止め、感じ考える中、何か思うところが有ったからこそ、今の男同士の距離感に自ら踏み入ってくれたのだと解釈している。

そしてこれも教育。件のAとB、二人に対して自身の尻を拭き切った姿を見せる事で、彼等の選択行動が社会的に「正」とは言えなかった事を伝え、太陽の下に胸を張って歩める環境に自らの意思で戻って来てくれれば、と願っている。私達は未だ齢五十。逃げ回り続けるには、余生は長すぎる筈だ。

弱者救済は人道上当然の事だけど、権利主張が横行する余り、誰もが安直に助けを乞い過ぎている風に思える。前述のAの様に。

　子供社会の遊びの場面で最初に学んだ事を、今こそ大人達は真摯に思い返すべきだ。「友達に借りたオモチャは返す」「遊び終わったら片付ける」「約束は守る」「ありがとう・ごめんなさいを素直に言う」等々。

　若者達を「キレやすい・継続力が無い」などと上から目線で称しつつ、実社会で自身が広げた風呂敷を放置したまま開き直ってしまう大人達の方が、私には気になる。件のBのように。人間として行儀が悪い生き方は、周囲までも不幸にしてしまう愚行でしかない。

　狩猟民族は、自然の恵みが枯渇せぬよう、必要最小限を大切に狩りつつ、感謝を忘れず、女性子供達にも平等に獲物を分かち合う。与えて貰った側も、自分達が為すべき役割をキチンと果たしているから、感謝の心で胸を張って獲物を食する資格がある。経済大国日本は「お金」という獲物の力で、人は富み、同時に大切な何かを失い続けた。その結果が今日の現状だと考えるのは、私だけだろうか。

　事業主としても、父親としても落第だった私だけど、専門家の弁護士各位が二度見放した窮地から、それでもギブアップせずに今日まで来れたのも、手前味噌乍ら事実。そんな小さな存在の私が、今日から未来へ向かう我が国に次の事を問い、筆をおかせて頂く。「太陽の下を胸を張って歩く毎日……この至極当たり前の生きる姿勢を、一人一人が一時の苦難からの逃避の為に放棄してはならないし、そんな行為を国や組織が安易に誘う事は救済とは言えず、未来にも繋がらないと思うが、どうだろうか?」。

大災害を乗り越える力とは
――人間本来の姿

岩沢　潤一郎

明治二十九年六月十五日、夜、東北地方の三陸沿岸一帯は、大津波に襲われた。三万人近くの命を奪った、明治三陸大津波である。

この津波に襲われた漁村の一つに、宮城県桃生郡十五浜村（現石巻市雄勝町《おがつちょう》）がある。その地名が示すように、十五の集落からなる漁村だが、人口約四千六百、戸数六百七十ほどの小村であった。村では、この津波で四十九名が命を失い、全戸数の三分の一強に当たる二百五十二戸が流失、もしくは破壊されたが、被害は、三つの浜に集中した。

このうちの一つが、村で最大の集落である雄勝浜であった。当時、この浜には、宮城集治監（現宮城刑務所）の分署（出役所とも呼ばれた）が置かれ、三十四名の看守の下に、百九十五名の囚人が収容されていた。

津波は、当然この分署をも襲ったが、小論は、その際の、看守、囚人、そして地域住民の取った行動が残した教訓について述べるものである。

宮城集治監は明治十年、西南戦争で捕虜となった西郷軍兵士（国事犯）を収容するために、仙台市の、現在宮城刑務所がある場所に建設された。時の政府の実権者大久保利通が、同郷の人間である国事犯を、他の犯罪者と同じ監獄に収容したくないとの思いで建造させた、と伝えられている。

雄勝浜にその分署が建設されたのは、それとは全く異なる理由による。当時の雄勝浜は「陸の孤島」と呼ばれるほど交通の便が悪く、仙台からは、塩竈まで鉄路、塩竈から石巻までは海路、そして石巻からは徒歩で、山越えをしなければならなかった。

このような僻地に分署建設を要請したのは、東京開運社という民間会社であった。当時殆どの学校で使われていた、石盤と呼ばれる文具を製造していた同社は、雄勝で産出される石に着目していた。その石の切り出しと石盤製造に、囚人を使わせて欲しいと願い出たのである。今では、このような願いが出されること自体信じ難いことだが、この請願は認可され、明治十二年、雄勝に分署が建設された。当初数十名の囚人が収容されただけの分署は次第に拡張され、その間に国事犯は全て刑期を終えており、収容されるのは、一般の重罪犯だけになっていたが、津波に襲われた年には、先述の規模にまでなっていた。

さて、津波襲来当夜のことである。分署の看守達は、集落の住民同様、地震が発生しても、津波には全く無警戒だった。津波襲来直前、海の方から大砲のような音、あるいは、大風が吹き寄せるような音が聞こえたが、住民も看守も、それが津波の押し寄せている音とは気付かなかった。

分署には、当夜、宿直として十六人の看守がいた。看守達は津波の襲来に驚き、駆けつけた非番の看守達共々、すぐ囚人達を監獄から出そうとしたが、全ての獄舎の鍵を開けることは出来なかった。やむなく、看守達は側にあった敷石で監獄の扉を壊し、獄舎の外に出そうとしたが、水勢に妨げられ、囚人達は外に出ることが出来ない。とっさの機転で、看守達は、食事用の長テーブルで天井を突き破り、囚人達を獄舎の屋根に上らせた。

こうして囚人達は獄舎を出、裏山へと避難することが出来たが、その途中、囚人達は、津波に流されていた住民数名を救助した。

囚人達の中には、津波にさらわれ、漂流物に掴まりながら、海上を漂う者もあった。それに気付いた地域住民が船を出し、これらの囚人を救助した。

津波が引いた後、囚人達は、集落にあった寺の本堂に収用されることになったが、百九十五名のうち、四名が犠牲になった。尚、この混乱に乗じて逃亡を図った囚人も四名いたが、翌日には、全員逮捕された。

悲惨なのは看守達であった。三十四名のうち、八名が死亡し、八名が重軽傷を負った。当時の新聞は、自らの命を省みず、囚人達を救おうとした看守達の行動を賞賛し、逃亡を図った者が少数だったのは、囚人達が、看守達の行動に感謝してのことに違いないとも述べている。もし、看守達が自分達の命を優先したなら、囚人の犠牲者は数え切れないほどだったろうし、逃亡を企てた者も多かったに違いないことは、容易に推測できる。恐らくは、囚人達が地区住民を助けることもなかっただろう。生き延びた囚人達は、寺の本堂で整然と避難生活を送ったが、これも当夜の看守達の行動に感謝する気持ちが、そうさせたに違いない。

囚人と看守。言うまでもなく、それまでは、全く対立する存在だったはずである。先述したように、囚人達は山から石を切り出すという苦役に従事させられていたのだし、看守は、その苦役を自分たちに課す存在だった。看守にとっても、囚人は逃亡を監視し、労働に従事させる対象に過ぎなかったはずである。

一方、住民にとっても囚人は忌むべき犯罪者であり、例えば、子供に、「あのような人間になってはいけない」と諭す対象だったはずだ。恐らくは、遠くからその働く様子を眺めることはあっても、言葉は交わすなどということもなかったであろう。

社会的動物と呼ばれる人間は、生存のため、社会を構築する。社会が成立するためには、規則（法）と、時には「神」という言葉に置換されるタブーが必要であり、日常の生活は、この規則とタブーを基礎に営まれ、全ての価値判断も、これに基づく。囚人（犯罪者）、看守、一般住民という区別も、ここから生じる。本来は虚構に過ぎないのだが、人々はこの虚構に依拠して、日常生活を送る。生活人としてそれは当然であり、人々は自分も相手も、「虚構」の存在であることを忘れている。

しかし、津波の襲来は、一瞬にしてそうした日常を破壊した。規則もタブーも、従って、それに基礎を置いていた価値観（差別意識）も消滅した。

宮城集治監雄勝分署の看守達は、当然の事ながら、自分の命を第一に考えることは出来た。「先ずは自分の命」こう考えるのは極めて自然であり、それが非難される理由はどこにもない。

しかし、看守達はそうしなかった。囚人達を津波から逃れさせようとしたとき、看守達には、自分は看守であり、逃れさせようとしているのは囚人であるという、日常性に裏打ちされた（つまり虚構の）意識はなかったのではないだろうか？　津波襲来により日常性が破壊されたとき、看守達は、一人の人間として、一人の人間に向き合ったのである。自分の命は尊いが、同じく尊い命を、置き去りには出来ない。それが看守達の取った行動の意味だと、私は思う。

このことは、船を出して囚人を救助した住民にも当てはまる。漂流する囚人を発見したとき、彼が見たのは、石の切り出しに従事させられていた囚人ではなく、救助を必要としている一人の人間だった。そこにもまた、日常性がもたらした、虚構に基づく差別意識はなかったはずだ。

一人の人間として生き残った四人達は、暴徒と化することなく、復旧に協力した。思うに、日常性が破壊されるような局面に遭遇したとき、それを乗り越える力は、ひとりひとりが、ひとりの人間に立ち戻る（本来の姿になる）ことによって得られるのではないだろうか？　人間が本来の人間に立ち戻る力こそが、「生き抜く」力なのだと、私は思う。

昨年の東日本大震災でも、この力は様々な場面で発揮され、多くの尊い人命が救われた。復興に向かい、共に歩んでいくのも、この力の筈だ。

人間が本来の自分に戻るだけなのだから、この力は誰にも備わっており、それが必要な場面では、自然に発揮される。

こう信じたいが、先の震災でも、それを否定する現実（現象）が、多く見受けられた。その一つが、マスコミは報じていないようだが、「中国人」による犯罪のデマである。曰く、「コンビニのATMを破壊している」「流されなかった家に強盗に押し入っている」等々、関東大震災の時と同種のデマが、まことしやかに、被災地で流された。現実に犯罪は起きていたが、犯人は日本人だった。その事が報じられるとデマは自然に消滅したが、このようなデマが流されたということは、震災という日常性が破壊された状況にあっても、日常性に依拠した（あるいは、囚われた）ままの人間が少なくないことを示している。

特に「永田町の住人」には、この種の人間が多いらしく、被災者が飲む薬もなく、食べるものもなく、寒さに震えているときに、彼らがしたことは「菅降ろし」と「解散、総選挙」を叫ぶという、まさに震災以前の、日常性そのままの行為だった。非日常的な状況で、日常性に依拠して（囚われて）いては、そこを切り抜けることは出来ない筈なのにである。

思えば、日常性の根は深い。進展すると共に、社会は複雑化する。それにつれ、規則も、区別、差別も種類が増大する。その根が私達の心の奥深くまで伸び、私達に本来備わっている筈の力までがんじがらめにしているのかも知れない。折に触れ、私達は、このことを検証する必要があるのではないだろうか？　首都直下型地震や、南海トラフ付近の地震によって引き起こされる大津波などの自然災害を切り抜けるためにも、日常性に囚われたままでいるわけにはいかないのである。

第三章　日常に美徳こそ生き抜く基礎

付記

雄勝町の津波被害状況、及び、宮城集治監雄勝分署に関する記述は、主として、『雄勝町史』による。

善意の連鎖

築地　祥世

「こちら、大きな地震が発生した。電話が通じないため、お兄ちゃんと連絡が取れない。」三月十一日、私はカナダで震災の事実を知った。留学中である私のスカイプ画面にそう残してオフラインになっている母。ニュースを調べようとキーボードを打つ手が震えていたのを今でも鮮明に覚えている。間もなくして、ホストマザーがやって来て一言だけ言った。「…見た？」私は泣きながら頷くことしかできなかった。見たことのないような波が街を押し寄せる様子。テレビ画面に繰り返し映るその映像をどれ程見ていただろうか。ホストマザーが私にテレビから離れるよう諭した頃には、既に時計の針は午前の終わりを示していた。まだ、家族とも友人とも連絡が取れていない。カナダにいては地震の被害がどれ程のものなのか、原子炉は安全なのか、何一つとして充分に情報が得られないのだ。自分の無力さに歯がゆい思いをした。

翌日、どうにか家族と友人の無事を確認した私は、絶えず現状を知っていたいという思いを抱きつつ、後ろ髪を引かれる思いで学校へと向かった。「ニュース見たよ。家、大丈夫だった？」そう駆け寄ってくる友達。日本のほぼ反対に位置するこの場所でも確かに人はショックを受け、心配をしてくれる。こみ上げるものがあった。この質問は次から次へと続き、友達、先生、友達の家族、そしてタクシードライバーまでも、ありとあらゆる人が気にかけているのが手に取るように分かった。ダウンタウンを歩いている時だ。普段は州の旗とカナダ国旗が掲げられている場所に、カナダ国旗と、そして日本国旗が高々と掲げられていた。“Pray for Japan.” それらを見上げたまま、動くことができなかったのを覚えている。痛みは確かに伝わっている。そう感じた。

徐々に現状がカナダにも伝わり、いかに震災が酷いものであったかが分かってきた頃、こちらでも小さな動きがあった。“Pray for Japan.” その合言葉を一つに、募金活動が始まったのだ。いたる所で目にする言葉、サポートの文字、そして日本へのメッセージ。人は心を持っている。遠く離れた知らない街を、そこに住む人々を思い、祈り、支える、そんな強く優しい心を持っている。強く、優しく。この気持ちを絶対に忘れない、そう心に誓った。私が家族や友人と連絡が取れずに心細い思いをしたのと同様に、今この瞬間も、愛する人々の無事を、連絡を、待ち続けている人がいる。カナダにいては確かに現地へ行くことはできないし、物資や食料を調達することもできない。だが、何もできないわけではない。伝えることができる。一人でも多くの人に知ってもらうことができる。そして、その思いは伝わる。一人でも多くの人が関心を持ち、募金をするきっかけとなる。国境、人種、宗教、全てを超えて人々が一つになった、そんな気がした。

半年ほど経った頃だろうか、私は一つの映画に出会った。その映画は、一人の少年が一つの信念を元に社会を変えようとする映画だ。"Pay It Forward." —誰かが、三人の困っている人を助ける。その人は見返りを求めない代わりに、助けた三人とある約束をする。それは、助けられた三人はまた、新たに三人の困っている人を助ける、というものだ。そうすれば助けられる人数は増えていき、その善意の連鎖はいつか世界平和につながる。非常に単純明快なアイデアである。私は感銘を受けた。これだ、そう思った。一人では大きな何かを成し遂げるのは難しい、しかし大人数だったらどうだろう？もし沢山の人が一つになったら―。募金活動の経験が、それが不可能でないことを教えてくれた。いつか見た記事で、台湾が震災時に莫大な支援金を寄付した理由の一つに、彼らが災害で苦しんでいた時に日本がどの国よりも早く支援を表明し、多くの援助隊を派遣してくれたためだとあげていたことを思い出した。思いは伝わり、そして優しさとなるのだ。

震災が起きる前の私の生活は、募金やボランティアからは程遠いものであった。コンビニ、スーパー、街頭、様々な場所でそれらを目にしたことはある。だが、行動を起こすまでには至らないのだ。募金をしたとしても、たまたま小銭を持ち合わせていたからなど、その程度の理由であった。募金を全くしないだけではない、何も考えていないのだ。自分は何に募金をしているのか、何のために募金をしているのか、一度だってしっかりと考えたことがあるだろうか?そんな自問に、胸を張って答えることができないのが事実だ。街頭で募金を求めている人々を横目に、少し気まずいと思いながらも早歩きでその場を立ち去る、そんな経験をしたことのある人がどれ位いるだろうか。目を合わせようともせず、まるで自分には声が聞こえていないかのように避けてしまう。そんな経験、誰しも一度くらいはあるのだと思う。この時、人々は考えることを止めている。自分を外界から遮断し、感じることを避けているのだ。そうでもしないとなんだか後ろめたい気持ちになる。少なくとも、私はそうだった。頑なに募金を拒んでいたわけではない、ただなんとなく、なんとなく、募金ができなかったのだ。そんな、なんとなく、を抱える人はきっと沢山いる。私は決して、こうなってしまうことを咎めようとは思わない。むしろそこには希望があるとさえ思う。人は考えることを止めなければ、感じることを止めなければ、変わる事ができるのではないか。後ろめたいと感じるということはきっと、心のどこかには行動に移したいという、人をいたわる優しさがあるのではないか。そう信じている。募金活動をしていると、たまに多額のお金を寄付していく人がいる。だがそれはあくまで稀であり、ほとんどは1ドルから5ドル、日本円にして約500円に満たない。それでも集計をしてみると、予想をはるかに超える額になっていたりするものだ。多くの人の優しさによって、小さな貢献は大きなサポートとなる。たとえ微力であっても、行動を起こすことが大きな力への一歩になる。自分の心のどこかにある、他人を思いやる優しさに耳を傾けることが必要なのである。

震災を通して学んだことは何だろうか。私たちはまず、考えることから始めるべきだ。日本が生き抜くためには、日本が今何によって生かされているかを知る必要がある。多くのサポートなしでは、きっと現状はもっと悪いものであっただろう。多くの人によってできた大きなサポートがあるからこそ、今があるのだ。自分に強くあること、目をそらさずにしっかりと物事を見ること、そして優しい心で他人を思いやること、そんな単純で基本的なことを忘れずにいることが大きな一歩につながるのだと思う。子供も大人も、宗教も場所も何も関係ない、これは自分と自分以外の人々との関わりなのだ。他の誰かを思い、祈り、支える。心を持って生まれてきたからこそ、人は強く優しくなることが、そうであることが、できるのではないだろうか。たとえ微かな力であってもいつかはその多くによって、大きな力になる。そのいつかを信じて、私は強く優しくいることを諦めずにいたい。

互助から共創へ
――『結』の慣習が繋げる〝遠距離介護〟

柴田　幸恵

なにごとにおいても、私は水をあけられていた。勉強ができてスポーツができて、料理が得意で男の子にモテる――

幼なじみのキーちゃんは、未だ私にとって憧れの存在なのかもしれない。高校の卒業式には「いつか子供といっしょに公園行こうね」と約束し、彼女は県内の大学へ。私は上京して就職の道を選んだ。成人式に再会したものの、その後は音信不通となっていた。キーちゃんは今、岐阜県に住む私の父の介護ヘルパーをしている。

二〇一〇年九月。

父は台風で傷んだ瓦の修繕に一人で屋根に上った際、滑り落ちて脊髄を損傷した。車椅子生活がしばらく続き、寝起きが困難になると帯状疱疹を発症。床ずれが悪化して皮膚がただれる褥瘡（じょくそう）状態となると、七十七歳の母が二十四時間つきっきりの〝老老介護〟が始まった。近くに住む兄が着替えや寝起きをサポートするも、それだけでは手が回らない。糖尿の持病をもつ母は、電話口でしばしば「私も脚が痛い」と嘆く。今後のことを思案していた翌年に、東日本大震災が発生した。震源から離れているといえど、心細さの増した老世帯に自然の脅威が拍車をかける。実家周辺の揺れはさほどでもなかったらしいが、しばらく電話が通じない。当日、両親の安否に三キロの山道を駆けつけてくれたのは、兄夫婦ではなくキーちゃんだった。彼女は期せずして、生まれ育った町で介護士をしている。父のことは風の噂で知っていたらしく、巡回エリアに実家も入っていたのだという。

運がよかった。

人口三千人に満たない町だから可能性はなきにしもだが、高校までクラスメートだった人が父を介護する立場になるとは思いもよらないこと。以来、母一人に任せるのではなく、キーちゃんが勤務する会社の在宅ケアを受けるようになったのだ。

私の実家近く。かつて〝白川郷〟と呼ばれていた岐阜県白川村の集落には江戸時代から『結（ゆい）』がある。集落の特徴として世界的に知られる合掌造り民家の茅葺屋根の葺き替え作業をはじめ、田植えや冠婚葬祭などの折、人手を出して助け合う互助の精神だ。今の〝コミュニティ〟や〝ユニオン〟に通ずる部分もあるが、確固たる制度や取り決めがあるわけではない。助けを要する人が頭を下げて各家を回り、村人総がかりで茅葺屋根の修繕を施し、宴を催して労をねぎらうといった古くからの慣習。キーちゃんは当然ながら仕事として父を看てくれているのだが、実家の現状を聞いた時、まっ先に『結』が頭をよぎった。以前、母は「お父ちゃんを他人に看てもらうのは…」とこぼしていたことがあったが、今はキーちゃんに頼りっきりだ。さらには「だって、ラクだもの」と言って微笑む。

（ラク？）

私は昨年、東日本大震災で都心に一時避難してきた家族を招いての〈町内歓迎会〉のことを思い出した。惣菜や麺類、サラダ、フルーツなどをバイキング形式で供したささやかな催しだったが、「おかげでラクができました」「ココにきてよかった」といった、感謝の言葉を頂戴した。

『結』や助け合いの精神は、単純に与えるだけでは意味をなさないものだろう。享受する側は身構えるのではなく、

「あぁ、やってもらって助かった」

「あぁ、日常から解放されてよかった」

導きいれる気持ち、〝自分を許す気持ち〟のようなものが必要であり、ひいては生きる力へ繋がっていくのではないだろうか。与える側がいて与えられる側がいて、初めて人と人は結ばれる。『結』は「持ちつ持たれつ」の精神があってこそ、結実するものなのだから。


東日本大震災から三ヵ月が経とうとした六月。私は落ち着きを取り戻しつつある岐阜の実家を訪ねることにした。母も、なぜかキーちゃんも「無理しなくていい」と電話で口を揃えたが、電車に揺られていた。新緑と茅葺のコントラストが視界に迫ると、故郷はもうすぐそこ。以前、急場には私も緊急帰省していたが、介護疲れの母の脚を揉むことくらいしかできない。「そばにいるだけで充分よ」と言われると、毎月でも通いたくなるもの。ただ、夫の両親と同居しているため、スムーズにいかないのも現実。二人と

もかくしゃくとしているが、八十歳に近い。なにかと、時間を割かなければならない部分もあるのだ。

この日は小学三年生の一人息子が留守当番だった。私の不在時には、どちらがどちらの子守というより「おじいちゃん、おばあちゃんといっしょに」炊事洗濯をしているらしい。〝家族間互助〟は距離を置いてみると、その有り難味がじんわり分かるものである。

玄関を抜けると、笑顔で迎えてくれたのは母ではなく二十年以上会っていないキーちゃんだった。

「おっかえりー」

「たっ、ただいま…」

私は他人行儀で応え、彼女は若い頃より幾分スリムになった感じがした。お手製なのだろうか。リビングには朴葉味噌の懐かしい香りが漂う。

ひと息ついた後、私達は父を車椅子に乗せて公園へでかけた。旧交を温める間もなく、彼女は〝母親のような顔つき〟になる。

「お父さんね、こないだ町民センターで映画観たんだよ」

「お父さんね、パンツ脱がせるとキャキャキャッて笑うんだ…」

リラックスして身を委ねる父が想起できた。

(これでは、まるでキーちゃんが実の娘ではないか)

仕事とはいえ私は嫉妬のようなものを抱くと同時に、強く感謝した。

「ホント、いつもゴメンね」と礼を言うと、キーちゃんは少し怪訝な顔で私を見た。

「なに言ってんのよ、ユキ、介護はこの先が勝負なのよ。いつか、あなたにタスキがまわってくる日がくるんだから」

父は今、一日一日を懸命に闘っている。そして、私も本気で考えなければならない時期にきている。この先、母が倒れるかもしれず、兄の転勤の可能性や夫の両親のこと、キーちゃんだって再婚すれば今の仕事を…

「介護はね、長距離なのよ。わたしの方が体育はできたけど、長距離ならユキも得意だったじゃない」

しばし青春時代に戻り、私たちは顔を見合わせて笑った。車椅子で眠る父にとって、二人は娘のようでもあるが、公園で小さい子をあやす母親に見えていたかもしれない。

白川郷・五箇山の合掌造り集落が世界遺産に登録されたのが一九九五年。二〇〇一年に行われた茅葺屋根の葺き替えは、実に三十年ぶりのことだった。時代や社会情勢に伴い、以前のような定期的に村人が集結してといった慣習はなくなっている。大規模な葺き替えは業者に依頼せざるをえないが、ちょっとした修繕は今も仲間同士で助け合うという。

環境保全と同様に、介護が精神的にも長丁場というなら、駅伝と似てはいないだろうか。要介護者にとっての家族は、遠く離れていようがタスキをともにする〝伴走者〟。長い区間と時間を繋ぎ、生き抜いていくには『結』の精神が不可欠なのだ。

実家から戻って以来、私は時おりキーちゃんと連絡を取り合っている。都心ならではのデイのシステムや心のケア、介護のあり方に究極の本音など、私の素人考えに「参考になる部分がある」と言ってくれるクラスメート。条件付の助け合いやいっ時の絆ではなく、『結』は人の情感を顕在化させ、相乗効果を生み出す『共創力』なのだと思う。

『結』の精神―

介護に携わる人のみならず、情に厚い日本人が持って然るべきであり、持ち続けてほしいと願うばかり。遠距離恋愛ならぬ、私とキーちゃんの〝遠距離介護〟は、しばらく続きそうだ。

第四章　生き抜く力——息を抜き幸の種をみつける

明日へ続くこれからの生き方の基礎　心が危機に直面した時、ふと訪れたふるさと。大切な人や場所、過去を再確認し、現実に立ち向かうためのキーワード探しの旅だった。やがて、今の社会の根っこを支えている〝声なき人々〟の存在に気づく。〝生き抜く力〟の起爆剤にはなれなくても、私も自分が出来ることを黙々と続けていく。それが日本を支える事に繋がるのだから。

心の復興は心を寄せることから　被災した方々と接するうちに、人の心に寄り添って話を聞くことが自分に出来る心の復興だと分かった。「心に寄り添う」ことはこれから日本が生き抜くためにも必要な力だと考える。他人や社会の問題に心を寄せ、人同士が関係を結び共に生きる社会を作ることがこれからの日本に求められていることではないか。

英語で発信――定年後に〝飽きない〟商い（生き方）に挑戦　尊敬する先輩のスピーチに触発され、定年退職後に始めた英語学習。三年間の学びの中で、まちづくりコンテスト優勝、国際会議での発表など、新たな人生経験や出会いを重ねていく。「発信力」の大切さを身をもって実感しながら。

教師（大人）が伸びれば子どもも伸びる　日本の資源は人である。これは長い教員生活で得た事実だ。校長として行った学校改革の一つにブログの開設がある。子供たちの普段の姿を発信し続けるうちに子供の凄さを再認識した。日本人の底力や魅力を子供を通して見ることができた。これからの日本には人を育てる事が大切だ。教育によってよい人材を輩出すれば日本の未来は明るい。

花の問いかけ　六十四歳のわたしが幼い子であるかのように息子を案じた。祈ることで、生き抜く力を見失わないでいた―大震災の中、障害をもつ四十二歳の息子とその母が見つけた「一つの花」。生かされた命、そして生き抜く力を与えてくれた人たち。

新しい時代の創造と人間力――不安の遺産には「和のこころ」で　周囲から孤立するように垂直に建つ西洋の寺院に対し、自然と調和し平面状に建築された日本の寺院。日本人は伝統的に調和を尊重した精神性を持つ。こうした「和のこころ」があれば、今後変わっていくであろう「人とのつながり」を血の通ったものとし、新しい時代が切り拓かれると信じる。

明日へ続くこれからの生き方の基礎

行徳　真理

日本が生き抜く力とは、なんだろう？　今、私が出来ることは、何なのだろうか？

私は、リハビリテーションの専門職である作業療法士の仕事を続けて、あっという間に二十年になる。卒業後に故郷を離れ就職し、この間に結婚・出産・転職もした。人生に変化はつきものだが、自ら望まない変化を強いられたこともあった。けれど心が折れずにやってきたのは、意外に強い自分の意志と家族の思いやりや自分を見守ってくれている隣人との繋がりがあったからだろう。

テーマの〝生き抜く力〟とは、何か？　具体的にどういうことなのか、考えを深めるために私は資料をいくつか集めた。そのひとつの上野千鶴子氏が去年大学の退職記念で講演した、「生き延びるための思想」という文章を読んで考えてみた。

彼女の社会活動のことを私は、よく知らない。だが、副題の「弱者が弱者のままで尊重される社会の新たなスタート」という言葉がひどく心に残っている。弱者とは、特定の人を指すのではなく、状況によって弱者の境遇になってしまった人という表現が、特別な立場の人のみ（障害者・高齢者・非婚者・失業者・外国人など）が、そのような境遇にあうのではなく、誰でも弱者になりうることを示唆している文章表現に、私は強く共感した。

あの震災の時期に、私は個人的な事情で十八年勤めた職場を退職して、たまにしか学校に登校しない（私は不登校というひとくくりの表現が嫌いだ）長女と家でぶらぶら過ごしていた。先が定まらない不安感と震災の受け入れがたい映像に刺激された私は、ひとり実家の鹿児島に数日帰ることにした。

確か三月十四日に、鹿児島に帰ると、震災の影響で新幹線の開通も祝えない、鹿児島中央駅前の小さな舞台（本来は開通イベントで使うはずだった）で高校生が、震災の募金活動でチャリティー演奏会をしていた。ブラスバンド部の演奏や合唱部の宮沢賢治の詩の歌の披露が行われて、数十人の人達が足を留めて耳を傾けていた。東北の人に何も出来ないけど、何かという気持ちが会場に漂っていた。あの時の募金がどうなったのかは定かではないが、私も募金をした。しかし募金をしても気持ちは、晴れなかった。

私が駅に居たのは、本当は、職場の友人を訪ねる途中だったのだ。急な訪問に友人は半分呆れていたが、私は相手の元気な顔を見たので、安心と満足して、次の日は、祖母の墓のある種子島を母と一緒に日帰りで訪れた。幼い頃自分を可愛がってくれた叔母は歳をとり小さくなっていたが、古い高床の家もうっそうと茂る庭のガジュマルの木もそのままだった。祖母の墓参りをして海岸からの潮風に吹かれるとざわついていた私の心は落ち着いていくような気がした。

人は心が危機的な状況の時、かつての体験に想いを巡らし、記憶を遡り自分の心を奮い立たせたり、現実に立ち向かう勇気を引きもどしたりするためのキーワードを探すのではないかと私は思う。今思えば突飛な行動も自分の生きる力のもとになる大事な場所や人・過去を再確認するための旅を私は、したのではないだろうか？　結局鹿児島には数日留まり実家で両親と穏やかな時間を過ごした。

帰る前日に長女が電話で、

「お母さん、使っていない客間の毛布を洗って物資で寄付してもいい？」と尋ねてきた。娘の意外な行動に驚き、とても私は嬉しい気持ちになった。結局行政窓口では、使用後の毛布回収はなかったので、娘の善意は形にはならなかった。それから長女は、新学期から学校に戻っていった。彼女の行動や意志の変化に震災は影響していると私は感じている。学校に行き出した彼女にそんなことを言うと、

「はあ？　何でも震災で人生が、考え方が変わりましたとか、言う人がいるけど、おかしいよ。私たちは、周りの人も亡くなっていないし、家も失っていない。現実に何も悲惨な目にあってないのに、おかしいやね。私は、ホントに四月から学校に行くって決めとった。すぐ震災に結び付けてから」

と反論した。言葉通り娘は努力し、今彼女は希望する進路を選びとり、新しい環境で美術の基礎を学んでいる。

死や生に関わる出来事は時に人の価値観や行動の変化を強いるが、その困難を乗り越える力を本来人は持っているのではないだろうか。死生学の研究者のアルフォンス・デーケン氏が福岡の市での講演会で、

「死は宿命である。生きるためにに生きるのではなく、よい死を迎えるために生きることこそが大事なのだ」

と話していた。長女は、何も咎なくして、地震で失われた多くの命という現実と向き合った時、新しい決意を選んだと私は考えている。そう娘に言うたびに、反論されても。

混沌とした三月は過ぎ、四月になると私は介護保険課で働き始めた。その仕事は住民に介護予防を支援することで、専門的な介護予防の知識や情報を住民に分かりやすくかつ、自身が己の健康について意識するように伝えていく工夫が必要だった。

転職という環境の変化が私に二つのことを気付かせた。①長期にリハビリテーションの仕事をしてきたが、職場以外ではその能力は発揮していなかったこと②狭い閉じた世界で仕事をしていたことを。日常の生活や仕事に追われていることを理由に、地域で心身の支援が必要な人に専門職として何も行動していないことを私は恥じた。だが、何からすればという戸惑う気持ちも抱えていた。

そんな時、同僚のKさんは、認知症の人と家族の会の佐賀東部地区を立ち上げていく取り組みをしていた。どうしてそんなに行動できるの？　その原動力は何なのか聞いてみた。彼女は穏やかに言った。
「何かを成し遂げようと焦る必要はないの、あなたも子育てが、一段落して自由な時間が出来る時が来るわ。この会が出来るまで十年かかったから、したいと思うことを諦めないで。思い続けて、出来ることを続けていると物事が急速に進む時期が来るの。何でも時間がかかるもの。あなたも、出来ることを少しずつ経験として積み上げていけばいいから」と。

日本が〝生き抜く力〟の鍵となるのは、リーダーシップをとっている指導者ではなく、静かに自分の役割に責任を持ち黙々と仕事を果たしていることで、日常の生活を支えてくれている声なき人々の存在ではないかと私は思う。彼らの地味でこつこつと仕事をする姿を愚直だと揶揄するような風潮を私は好まない。誰かが社会の根っこの部分を支えているので、社会は成り立っていると私は感じているからだ。上野千鶴子氏の「社会的弱者が弱者のまま尊重される社会」とは、声なき人が社会を支えていることを十分受け止めてそういう人を大事にする社会なのではないだろうかと私は考える。

だが現実は、実態の定かでない情報や世論に操作されたラベリングや、偏った一部のイメージが、先行した体験を伴わない情報のみによる先入観で、人を判断してしまう場合も少なくないように感じる。また先の不安感から、強権的なリーダーの意見に判断をゆだねた人もいる。今がなんとなく楽しければという現実逃避な生活を送っている人もいる。頑張りすぎてうつ病で自殺を選んだ知人のことを今でも思い出すと胸が痛む。

四十歳を先達は不惑と言うけれど、立ち止まり後ろや周りを見回すと、迷いの森が一面に広がっているように感じる。雇用の形態が変化して、収入が減り生活の不安定さはあるけれど、私の視野は広くなってきている。仕事だけでなく、家族や地域・社会活動にも関心を持てるように変化してきていることは、きっと数年後の私の生活を変えていくだろう。震災後で変わったことは、周りの環境ではなく自分の視点なのだろう。

日常の生活は一見平凡の連続に見えるだろう。しかし、そんな日常での個人の体験の積み重ねの中での学びの先にしか、現実的な未来の実現はないのではないだろうか？日本の〝生き抜く力〟の起爆剤とかには、私は到底なれないだろう。だからこそ、私は自分のやれることをすればいいのだ。私の役割は、①介護予防の仕事を通じて、地域のネットワークを繋ぐこと②どんな人でも健康になれる力を持っていることを住民さんに伝えていくこと③個人が自分の体や心を大事にする生活を求める視点を広めていくことだろうと考えている。

これから日本が〝生き抜く力〟は、私は三つあると考えた。①自分の経験や体験を個人が大事にすること。②先の見えない不安定な時代こそ、自分で物事を考えること、決して判断を他人に委ねてはいけないということ。そして、③自分と違う能力の人や違う境遇の人にほんの少し想いを馳せる習慣を持つことで日本の生き抜く底力は強く・しぶとく根を張り、日本を支え続けるだろう。何があったとしても。

最後に、私は次の世代のために〝ふるさと〟を守る責任があるだろうと考えている。成長した我が子が、立ちはだかる困難や危機的な状況に遭遇した時に、ふらーっとそこに戻り、元気を取り戻せる〝ふるさと〟を守りたい。私の〝ふるさと〟のイメージが桜島や南国の光眩しい錦江湾であるように、子供にとっては、筑後川の穏やかな水面や耳納連山の果樹園・水田を渡る爽やかな風が〝ふるさと〟として心に刻まれていくことだろう。そして、その感覚は、さらに先の世代に繋がっていくはずと私は信じているから。

心の復興は心を寄せることから

齋藤　万里恵

平成二十三年三月十一日。東日本大震災が起こったあの日、私は大学入学を控え、大学で使用する新しいノートパソコンを開き、期待に胸を膨らませていた。

パソコンの電源を入れた瞬間、突然大きな揺れに襲われた。地面の下で何かが暴れだしたような今までに経験したことのない揺れ。驚いた私は、ノートパソコンを抱えながら机の下で必死にしがみついた。地震は三分ほどで収まり、幸い家も家族も無事だった。しかし、ノートパソコンを覗くと電源が切れており、ほかのライフラインも全て止まっていた。

そこからの生活は、今までと百八十度変わった。今まで当たり前に使っていたトイレやお風呂は使えなくなり、テレビも見られなくなった。ご飯も家にあった菓子パンや缶詰を家族で分け合って食べるしかなかった。夜になると、町全体の灯りがなくなり、懐中電灯の灯りだけが頼りとなった。ライフラインは徐々に復活したものの、完全にもとの生活に戻るには一か月以上かかった。

それでも私の住んでいる地域は、津波に襲われた沿岸部に比べて被害は小さかった。もっとつらい思いをしている人はたくさんいる。私も頑張らないと。そう思いながらも何もできない日々が続いた。

結局、大学生活が始まったのは、予定よりも一か月遅れの五月だった。入学式もなく、ぼんやりとしたスタートとなったが、ここから頑張ろうという思いで勉強やサークル活動に力を入れて取り組んだ。しかし大学生活が充実していっても、テレビや新聞では、復興の進まない被災地の状況が毎日のように伝えられている。私も被災地の力になりたい。その思いが心にずっと引っ掛かったまま、入学から半年が過ぎた。

友人から被災地の仮設住宅でバザーの手伝いをしてほしいと頼まれたのは、十一月のことだった。私はきっかけをつかみ、初めて被災地に足を踏み入れた。

しかし、実際に行くと私の目に飛び込んできたのは、想像以上に日常を取り戻している町の景色だった。仮設住宅は、被害の小さい内陸に作られる。そのため津波の痕やがれきがないのは当然と言えば当然であるが、私は少し拍子抜けをしてしまった。また、仮設住宅に住んでいる人々がにこやかにあいさつをしてくれるのを見て、思ったよりもみんな元気に暮らしているのだなと思った。

そんな思いを巡らせながら始まったバザーで、私は上着を探しているおばあちゃんに出会った。一緒になって探すうちに、着物の上にはおる上着を見つけた。

「私よく着物を着ていたから、知っているのよ。」

とおばあちゃんが言うのを聞いて、

「では、今度着物を着るときの上着にどうですか。」

と尋ねると、

「でもねぇ、全部津波で流されちゃったからもうないのよ。」

と、さびしそうにつぶやいた。私は聞いてはいけないことを聞いてしまったと思い、思わず話をそらした。その後のおばあちゃんの顔は少し悲しそうに見えた。

その時私は、実は復興は全然進んでいないのだと初めて気付いた。どんなにがれきがなくなっても、住む場所ができても、それは形の上の復興でしかない。人々の心の復興は進んでいないのだ。私たちには、まだまだ力になるべきことがあると強く感じた。

それから私は、友人の立ち上げたボランティア団体に入り、様々な活動に参加した。しかし、言われたことだけをこなす日々が続き、人々の気持ちがまるで見えてこなかった。これでは人々の心の傷を癒しているとは言えない。自分の中の何かを変えなくては。しかし、その答えはなかなか見つからなかった。

その答えに辿り着けないまま、津波の被害を受けた住宅地で、次のバザーのチラシを配っていた。一軒ずつチャイムを鳴らし配っていると、ある家でおばあちゃんが出てきた。チラシを渡して扉を閉めようとすると、

「私の旦那流されちゃったの。」

と、独り言のようにつぶやいた。それから、自分の津波の時の体験を話し始めた。私は、その話をただ聞いていることしかできなかった。しかし、おばあちゃんは話し終えると
「聞いてくれてありがとう。」

と言って、ぱたんと扉を閉めた。ただ、話を聞いていただけなのに感謝をされた私は戸

惑った。その時、以前仮設住宅のバザーで出会ったおばあちゃんとの会話が思い浮かんだ。あの時私は、つらい経験を思い出させまいと話を変えたが、実はおばあちゃんは話を聞いてほしかったのではないだろうか。話をすることで自分の中に押し込めていた思いを分かってほしかったのではないだろうか。そう考えると、私の探していた答えは見つかった。「人の心に寄り添って話を聞いてあげること」。それが私にできる心の復興だ。

それ以来、私は被災地に行った時には、なるべく人々と会話をするように心がけている。そして、その中で震災の話がでてきたときは、黙って耳を傾けるようにしている。私自身、その経験をしたわけではないから、その人の苦しみや悲しみを完全に理解することはできない。それでも、心に寄り添って話を聞くことはできる。それがその人の心の復興につながると信じて。

「心に寄り添う」それは、誰にでもできる支援の形であると私は考える。日本中の誰もが、被災地に来て人々と交流をすることができるわけではない。仕事や経済面、地理的な距離などの理由で、支援をしたくてもできない人は大勢いるだろう。しかし、どこにいたとしても、心を寄せることは誰にでもできる。被災地のニュースを見てそこで頑張る人びとを応援する。なるべく被災地の農産物を買う。原発問題を考える。このような、「被災地のことを思い続けること」が被災地に対する支援につながるのではないだろうか。

また「心に寄り添うこと」は、これから日本が生き抜くためにも必要な力であると考える。前に先生が授業で、「今の日本では道に人が倒れていても、その上を人が平気で通り過ぎていく」というお話をされていた。私はその話を聞いて驚いた。自分に関係のないことに対してあまりにも無関心なのではないか。しかしよく考えると、ここまではいかなくても、似たような光景を目にしていることに気付く。バスの中でお年寄りが大変そうに立っていても誰も席を譲らない。近所の人とすれ違ってもあいさつをしない。公園にごみを捨てる。そしてこれらの経験は、自分自身にも少なからずあることに気付いた。

政治問題についても同じことが言える。年金や増税など様々な問題が日々取りざたされているが、どこか他人事のようにただ眺めているだけの人が多いように感じる。「自分に関係ないことには関わらない」そういった風潮が日本全体に広がっているのではないだろうか。今起きている孤立死や引きこもり、自殺といった社会問題も、この風潮が影響しているように思う。誰も自分に関心を持ってくれない、自分も誰にも関心を持たない。そういった状況が、今言われている日本の無縁社会を作り上げているのではないだろうか。

今の日本を変えるために必要な力。それが「心に寄り添そうこと」だと私は考える。隣のお年寄りに心を寄せる。すれ違った近所の人に心を寄せる。日本の問題に心を寄せる。自分が誰かの心に寄り添い、誰かも自分の心に寄り添ってくれる。そのような、人同士が関係を結び共に生きる社会をつくることが、これからの日本に求められているのではないだろうか。

私は今宮城大学で、事業をするために必要な知識や地域活性化の方法などについて学んでいる。将来は学んだことを生かし、地域づくりに携わる仕事をしたいと考えている。私の思い描く理想の地域は、地域の特色を生かした人々の笑い声が絶えないような明るい地域だ。このような地域をつくるためにも、「相手の心に寄り添うこと」は欠かせないと思う。人々が心を寄せ合い、交流が広がっていく。それが日本中へと広まり、「心寄り添う社会」の礎になってくれれば嬉しい。

そして将来私が子供を授かった時には、心寄り添う社会のもとで、震災のこと、日本の歩んできた道、これからの未来について共に考え、語り継いでいきたい。

英語で発信
——定年後に〝飽きない〟商い（生き方）に挑戦

根本　進一

尊敬する先輩の退職者スピーチで、これから英語に挑戦してみたいというカッコイイ言葉を耳にしたのは八年前のことである。私もそうありたいと思い続けてきた。それというのも、尾羽打ち枯らした退職後であっても、英語で人生を語れる老人であったなら少しはカッコイイのではないかと思ったからである。退職後、私は通信制大学である放送大学へ入学し、英語科目のみを履修して三年になる。しかし、人生は妙なものである。さしたる目的もなく英語学習を続けてきた私であったが、このことで、様々な人との出会いや機会に恵まれ、新たな人生の課題も見えてきたのである。

一昨年の十二月であるが、宇都宮市が主催する「大学生によるまちづくり提案」コンテストに放送大学の仲間を誘って参戦した。平均年齢六十歳超の五人の仲間であるが、参加した他の若い大学・大学院生十チームを押しのけて、見事に第一位に輝いた。このことが新聞等で報道されて一躍有名になった。内容は宇都宮市の中心街にある「オリオン通り商店街」に往時の賑わいを取り戻すために、年金生活に飽きている高齢者に、空き店舗を使って、「飽《あ》きないように商《あきな》いでもしたら」という提案である。つまり、シニアビジネス（暇つぶしビジネス）の提案であった。高齢者の活用と中心商店街の活性化を同時に達成しようとする虫のいいアイデアを老齢の大学生が発表したのである。これにより、宇都宮市も空き店舗対策費を翌年度予算に計上するなど、行政も動かせたことに驚いている。

運よく優勝できたのは、提案内容は当然のこととして、聞き手の立場に立って、不慣れであったがプレゼンテーション・ソフトを使ったり、自分たちの考えを分かり易い言葉で発表する練習を合点が行くまでやってみたりしたからだと思っている。この提案合戦で私が学んだことは、たとえ豊かな知恵を持っていたとしても、それを発信できなければ何もならないということであった。つまり、「発信力」を持つことの大切さである。

二千五百年前の論語の中に「辞は達するのみ」という言葉がある。昔から自分の言うべきことを相手に伝えることは難しいようである。とりわけ、言葉の違う外国人との意思疎通はなおさらのことである。昨年のことであるが、英語をたまたま勉強していたお蔭もあって、前述の第一位を取った「大学生によるまちづくり提案」を国際会議で発表してみないかという誘いがあった。急速な少子高齢化や大震災にあっても、日本は頑張っているというメッセージを世界に届けたいという思いで参加することにした。会議の名称は「Walk21」である。第一回ロンドン大会に始まり、今回は第十二回バンクーバー大会である。近年のモータリゼーションの反省から生まれた、新しい町づくりを提案する国際会議である。会議は全て英語である。日本語では世界に発信することはできないのである。定年退職後に三年間ほど英語を学んだくらいでは、とても歯が立たない会議であることを百も承知していたが、放送大学の学生として是非とも世界に届けたいことがあるので挑戦してみることにした。提案文書には、「三方一両損」や「三方よし」など、日本的情緒や精神を含んだ提案の核心となる文言もあったが、私の語学力や表現力では誤解が生じると思い、英訳するにあたっては割愛し、「辞は達するのみ」を心がけてプレゼンテーションに臨んだ。

発表は昨年十月五日にバンクーバー市内にあるサイモン・フレイザー大学で行われた。

参加者は大学での研究者・建築家・医師・行政官等であり、一般の学生に発表の機会が与えられたのは稀なことであることを現地に来て知った。私の拙い英語でも伝わらなければ高い旅費を払って来た甲斐が無いと思い、発表の中に三つのジョークを用意して試してみたところ、三つとも笑い声が聞こえた。また、発表終了後に、会場から一際大きな拍手を頂いたので「辞は達した」ものとホッとした。しかし、その後の質疑応答では、質問者の質問内容はどうにか理解できたが、自分の言いたいことを十分に伝えることはできなかったことが悔やまれてならない。私にもっと英語での発信力があったなら、質問者との新たな信頼関係が結べたのにと歯がゆい思いが残る発表会であった。

この「発信力」で考えさせられたことがある。東日本大震災発生の一カ月後、放送大学栃木学習センターの被災地支援グループの仲間たちと少しばかりの支援物資を持って女川町を訪問した。震災後、女川町の被災支援センターは女川第二小学校の校舎内にあった。そこへ行ってみると、ジャージー姿の外国の若者を見かけたので英語で話しかけてみた。彼は女川の小学校に勤務するＡＬＴであった。この若者の話では、多くの仲間は日本を離れたが、教え子たちのことが心配で日本に残り、インターネットで震災後の日本の状況や被災された人たちのことを本国（カナダ）に発信しているということであった。この外国青年とのちょっとした出会いによって、東北被災地に対する多くの国々からの支援は、在日外国人や外国メディアの発信力の賜物であると思うようになった。残念ながら、私のような発信力のない日本人や日本政府では、とてもできない芸当であると思っている。遅まきながら英語を学んでいる私であるが、世界に通じる言葉を学ぶことは、日本人全体の使命であり課題であると感じてならない。

国際レベルでの日本人の英語力の低さは有名であるが、日本人の日本語力も怪しいのではないかと感じている。選良といわれる政治家の失言をはじめ、多くの人々が言葉に起因することで躓《つまず》いている。つまり、発信力が低下しているのである。自分の言わんとすることを上手に表現できずに相手の感情までも害してしまうのである。これは、あらゆる面で欧米化している生活スタイルに、繊細な日本語を適合させる努力を怠って来た結果ではないかと思う。ストレートな言い回しを好む現代では、日本語の良さである情緒的な細やかさが相手に伝わらず多くのトラブルを引き起こしているのである。

そこで、私は、日本人が自信を取り戻し、力強く生きるためには、先ず、自分の言葉を発信力のあるものに鍛え直すことから始めなければならないと思っている。そのためには鍛えるための道具が必要である。それが外国語の学習ではないかと思っている。「武士道」の著者である新渡戸稲造をはじめ、福沢諭吉・夏目漱石・森鷗外らの日本語の達人は、同時に外国語の達人でもあった。現代では村上春樹がそれにあたるかもしれない。彼らは、外国語を通して母国語を磨き上げた先人である。外国語を学ぶということは、母国語を学ぶことと合わせ鏡であり、母国語である日本語をしっかりと身に着ける絶好の機会でもあると思っている。達人には程遠いながら、このような理由もあって、私は英語を学んでいるのである。

これまで、「まちづくりコンテスト」や「海外での発表」、「被災地での出来事」、「外国語学習の必要性」などについて述べてきた。これらのことは、私の退職後三年間に経験してきたことである。この中で思ったことは、自分の考えを積極的に発信することの大切さと、理解しあえる仲間の大切さである。今日、学校教育の中心的課題が「生きる力」の育成にあるようだ。人は一人では生きていけないことを前提にするなら、生きる力とは他人とコミュニケーションをする力に他ならない。孤独死が問題となっているが、困ったことがあるなら、それをしっかりと発信しなければ、誰もが救いの手を差し伸べることはできないのである。理想があるなら、そのことを伝えなければ仲間の輪はできないのである。そのためには、勇気をもって、個々の発信力を高める努力をしなければならないのである。しかしながら、いかに立派な理想を持っていたとしても、世界に対しては世界が分かる言葉で発信しなければ、国際社会からの理解を得ることはできないことも確かである。

二十一世紀は経済力や軍事力で国力を計ることのできない時代にあると思われる。それは発信力ではないかと思っている。発信力が世界を動かす社会になっているということである。それは、英語という共通語での発信力でもある。これからの日本人は日本語のみならず英語でも自分の考えや理想をしっかり伝えることのできる逞しさを持たなければならないと思っている。先のない私であるが、日本の伝統・文化や日本人の平和志向の素晴らしさを少しでも世界に伝えたいと思っている。これからも勉強また勉強である。それが、今まで生きてこられたことへの恩返しであると同時に後輩への生きるヒントになればよいと考えている。

教師（大人）が伸びれば子どもも伸びる

加藤　正雄

日本の資源は人である。これは、三十八年間の長い教員生活で得た事実である。私はこの三月で教員生活にピリオドを打った。教員生活最後の四年間は、小学校の校長として学校経営に心血を注いだ。「教育は人なり」をこの四年間でも確信した。

三月初旬。ある私立幼稚園の卒園式に出席した。園長先生が卒園する百名以上の園児に開口一番に次のように言った。「日本はね、今、ボロボロになって傾いています。そんな日本は好きですか。」園児たちは目を輝かせながら、全員が首を横に振ったことが、私の脳裏に鮮明に焼き付いた。

園長先生が言ったように、現在の日本は東日本大震災、原発問題、電力不足、デフレ、円高、政治不信と、先の見えないトンネルの中を通っている気がする。目を覆いたくなるような凶悪で凄惨な犯罪も多くなり、安心・安全であった日本の神話が大きな音を立てて崩れかけている。日本丸は激しい暴風雨の中で沈没寸前である。その根底にはモラルを失い、希望が持てなく、善悪の判断もできなくて衝動的に行動する日本人の増加があると考える。園長先生が言った「日本はボロボロになっています。」という言葉が真実味を帯びてくる。

しかし、日本にはまだまだ生き抜く力がある。日本の最大の資源は人材であると思う。世界に誇れるものは人である。「ものづくり」も緻密で粘り強く、創造性に富んだ日本人のお家芸である。つまり「人」が日本の宝である。私は教員になってから、ずっとそう思ってきた。今の弱り切った日本を元気にするのは教育である。教育によって人間を育て、磨き、世界に通用する「人」を多くすることが重要である。

二十一世紀を担うのは、確実に今の子どもたちである。歴史をひもといても、日本は多くの危機や困難を人が、乗り越えてきた。

私は校長になってからの四年間で学校改革に着手し、身近な子どもや教師を鍛え、伸ばすことに主眼を置き、具体的に実践した。今の子どもたちには無限の可能性があり、ほとんどの子どもがキラキラと輝く宝石を持っている。私はまず人間形成に大きな影響を与えた教育者の書物を読破した。森信三氏、東井義雄氏、斎藤喜博氏、大村はま氏など。また、大きな志を持って日本を創った人物を徹底的に調べ、彼らが著した書物をむさぼって読んだ。渋沢栄一、岩崎弥太郎、小林一三、早川徳次、松下幸之助など。

そして、たどりついた学校経営のビジョンが「当たり前のことが当たり前にできる子どもの育成」である。大事を成した人は、皆小事を大切にしたからである。教師には「使命感を持って自己を磨き、子どもを指導する教師」という目標を与えた。

私の学校改革は平成二十年四月から始まった。全校の子どもたちに「あいさつ」の重要性を教えるため、早朝から正門に立ち、登校してくる子どもたち全員に「おはようございます」と大きな声で言った。一年目は躊躇してなかなか大きな声であいさつができない子どもたちも月日がたつにつれて、多くの子どもたちが大きな声であいさつをするようになった。三年目にはほとんどの子が大きな声であいさつができるまでになった。

「これはいける」と思い、あいさつから始めて返事、靴の整頓、掃除を徹底的に行うように仕掛けた。今の子どもたちも捨てたもんじゃないと思った。大人が手本を示せば、そのとおりに行うのが子どもである。確かな手応えを感じた。

また、規範意識を育て、夢を持たせるために全校集会では偉人伝を紹介した。マザー・テレサ、野口英世、ヘレン・ケラー、徳川家康などの本を実際に子どもたちに見せて、読み聞かせを行った。わが国は、元来、特定の宗教に頼らずに、書物からモラルや規範意識を得てきた。「朝の読書タイム」を充実させて、図書室の整備も行った。「偉人伝コーナー」も設置した。

「私は大きくなったらマザー・テレサのような人になりたい。」という一年生まで出てきた。子どもたちは育てたように育つと実感した。

学習面では、基礎的な学力を身につけることを徹底した。「漢字力テスト」「計算力テスト」を一年に三回実施して、子どもたちに生きるための基礎的な学力を保障した。教師集団には、四年間、私が「校長通信」を毎週一回発行して、教育技術や書籍の紹介、あるいは学校や子どもをどのようにしたいのかを発信した。校長の思いや経営の方針をきちんと教師に伝えた。これが大好評で多くの教師は毎週精読していた。

実際に、教育現場では本を読んでいる教師はほとんどいない。教育雑誌さえ読まないのが現状である。まず、指導する教師の資質を高め、人間性を磨くことが、教育にとっては最重要課題である。新規採用教員には、教育書やビジネス書を毎年プレゼントした。教師が伸びれば、子どもたちも必ず伸びると思う。教育も最終的には人である。人材である。四年間、このような実践に取り組んだ結果、学校は見事な変貌を遂げた。当然、保護者や地域からも信頼を得ることができた。

何と言っても、私の学校改革の一番の目玉は、ホームページであった。ブログを立ち上げ、私が子どもたちのよさを三六五日、つまり年中無休で発信した。毎日桁外れのアクセス数があり、四年間でアクセス数は全国一位までになった。子どもたちの普段着の姿をどんどん発信した。

放課後、授業中、掃除、登下校、行事の様子など、保護者や地域が知りたい情報を流した。ブログを作っている内に子どもたちの凄さやすばらしさを改めて認識し、毎日が驚きや感動の連続であった。子どもの力は凄い。まさに無限の可能性を秘めている。日本人の底力や魅力を子どもを通して見ることができた。

私は教員になってから信念としてきたことがある。それは学校で学習したことが、家庭や地域で自然にできることが本物の教育であるということである。

わずか四年間の学校改革であったが、子どもたちは学んだことを家庭や地域で十分発揮した。学校改革で私は多くの財産を得た。最大の財産は、子どもたちの力である。子どもたちは大人が舌を巻くほどの力を出す。子どもたちが持っている力をもっと引き出すことが、これからの教育では必要であろう。

有識者は口をそろえて「日本人は誇りをなくした。」と言っている。しかし、そう思っているのは私たち大人だけではないだろうか。子どもたちは自分の夢を明確に抱いている。二十一世紀を担う子どもたちは、うまく育てれば、すべての子どもが目をみはるような力を発揮する。これからの日本に必要なことは「教育」であると考える。学校教育に限らず、生涯を通じて学ぶことが、時間はかかるが我が国を必ず変えていくと思う。

吉田松陰の松下村塾からは日本を動かした人材を多く輩出した。長岡藩の小林虎三郎は藩の財政を立て直すために多くの反対を押し切って教育に力を入れた。有名な「米百俵」の精神である。

そういう日本の教育のよさが今も生きている。日本人の教育力は世界でも群を抜いている。特に、精神面での教育力や感化は日本独自のものであろう。私は学校教育という現場で何度も、日本人のすばらしさを子どもたちから学んだ。

これからの日本に残されたものは、「人を育てる」ことである。「人材」を「人財」にすべきである。可能性は大いにある。子どもたちは大人をよく見ている。志を持って、使命感あふれる教師を簡単に見抜く。子どもは先天的に私たち大人が考える以上に洞察力に優れている。

退職後、私は頼まれてNPO法人「学習サポートセンター」で週二日、不登校や学習につまずいている中学生を教えている。少人数制なので個別指導が徹底的にできる。この子たちも将来の希望や夢をみんな持っている。この中学生たちの姿からも、「日本はまだまだやれる。」と感じるのは私だけであろうか。

このサポートセンターのモットーは「メシが食える大人にすること」である。簡潔明瞭でわかりやすい。言い換えれば「生きる力」である。

このサポートセンターからも二十一世紀を担う人材が出てくるであろう。それを信じて指導に励んでいる。これからの日本人がたくましく、たのもしく生き抜いていくためには、教育を大事にすることである。そして、教育によって、よい人材を多く輩出すれば、日本の未来は明るいと思う。世界に誇れる人材をどんどん海外に送り込んでいけば、日本という国のよさが必ず見直されると確信している。

今の私ができることは、サポートセンターで中学生を指導し、共に希望や夢を語り合うことである。些細なことだが、人間を相手にしている。しかも、将来の日本を担う人を相手にしている。それを誇りに思っていこうと考えている。子どもたちは未来の星である。全員が輝き、日本を、世界を照らしてほしいと願っている。

松下幸之助氏の言葉が私を勇気づける。「人間は磨けば光るダイヤモンドの原石のようなもの」という言葉である。私の教育信条とまったく同じである。人間には誰しもすばらしい能力が秘められており、その能力を発見し、活かしきることで光り輝くのである。

やはり、日本の資源は人である。日本の再生は人が最大の課題である。私はそう信じている。先人が築いた日本独自の精神を取り戻し、よい人材を育てていくことが今の日本では重要であると考える。

花の問いかけ

神田　和子

そして、
三月十一日、あっという間に日が暮れて、闇の夜がきた。地震発生の直後からライフラインは途絶えたままだ。穏やかだった日常は消えた。電気の光りがなく、水も出ず、ガスで煮炊きもできない。

余震は間歇的に続いている。恐い。とても恐い。この日の午後二時四十六分、地震発生の時からただ怯えている。

突然きた大揺れ、それが東日本大震災の始まりだった。

その時わたしは腰痛緩和のプール運動から帰宅したばかりだった。プール用品の入ったリュックを背にかけたまま、床を這ってテーブルの下に潜った。ああ、あんな大きな冷蔵庫が動いている！　衝立が倒れる。戸棚が揺れる。食器が飛び出し割れる。本棚から本がなだれを打って落ちる。家がきしむ。

家はだいじょうぶか。どうか頼みます。倒壊しないでください。持ちこたえてください。縦、横、斜め、真下、巨大な暴力が押し寄せる。揺れる、大騒音とともに揺れる。揺れは長く続き、わたしは背のリュックより小さくなりたいとばかり、さらに身を縮めた。

そしてひたすら祈った。

「どうか護ってください」

亡くなった夫や父や母に、呼びかけた。

「今まで見護ってきてくれたよね、お願い、どうかたすけて。あの子のためにももうしばらくはわたし、生きてなきゃ」

あの子とは四十二歳の息子である。六十四歳のわたしが幼い子であるかのように息子を案じた。そうやって祈ることで、生き抜く力を見失わないでいた。

＊

そして、

ラジオから流れる情報で地震の被害は甚大なものだということが徐々に分かってきた。「津波、津波」とラジオは繰り返し伝えている。ここは海からは遠いが、津波襲来の被害のただごとでないことが伝わる。報道は臨場感がありすぎた。息苦しくなり、息子とふたりでベランダに出てみた。高台のこの地から夜景が見えるのだが今夜は闇ばかり。ふいに雪が降ってきた。雪の白さが闇の中、誰かの魂のように舞う。暗澹たる思いに襲われた。

これからみんな滅んでしまうのか。

しかしすぐ気持ちを立て直した。とりあえずは息子とわたしの家族ふたり、この大地震から生き伸びたのだ。

「無事に帰ってきてくれて、ほんとうによかった……」

その日の夕方、帰宅した息子に繰り返し言った言葉をまたわたしは口にした。

四十二歳の息子はアスペルガー症候群という障害のため今は無職の身である。地震のときは図書館にいて法律の勉強をしていた。図書館の照明器が外れ、ガラスが割れ、本棚が歪み本が飛び出すなか、息子は本のように図書館を飛び出し、なんとしても家に帰ろうと、ひたすら自転車を引き、家を目指してきたのだった。一時間の道のりだった。

「だいじょうぶかー、だいじょうぶかー」

息子は道々言い続けてきた。障害ゆえの「風変わりさ」で受けてきたトラウマから、息子は独言癖が身についた。そのブツブツの呟きの延長のような不明瞭な言葉使いが、その時は母親の安否確認のはっきりした呼びかけとなっていた。

帰宅途中の止まった信号も、夥しい車の渋滞も、倒れたブロック塀も、落ちた屋根瓦も、崩れた家も、目に入っていながら像を結ばず、ひたすら家に帰る一本の道だけを思い描いてきたという。

「これから、どうなる」

息子が白い息を吐いた。気温は急激に下がってきたが、気が張りつめ寒さは感じなかった。地震から防寒着を着たままでいた。

「とりあえず、この家が無事だったんだし、生きているんだから、なんとでもなる！」

わたしは強く言い切った。築四十数年の自宅が無事だったのは奇跡のようだった。

「食べ物は、当分はあるし」

「買いおきしていたのが役にたったね」

わたしはスーパーの売り出しのチラシが入るたびに最低値段を見つけては買いに走り、保存できるものをためこんでいた。それは「いつかくる地震」を視野に入れてのことではなく、ただつましいふたり所帯の生活を維持するための防衛だった。一円でも安い時に買っておく。塵も積もれば山となる。年金暮らしのささやかな知恵であった。

「電気、水道、ガス、いつ復旧するかな」

「電気は懐中電灯やろうそくで明かりがとれる。トイレは風呂の水や雨水を活用しよう。呑み水は給水車に頼ろう。ガスの代わりに反射式ストーブで煮炊きしよう。幸い灯油は三缶あるし」

前もって訓練をしていたように、途絶えたライフラインへの対応策がでてきた。

生かされた命。生き抜こう。

「ああ！　星」

ふたり同時に声があがった。

雪がやんだとたんに夜空に満天の星が輝きだしたのだった。丸い夜空に星々が饗宴している。星と星をたどって星座が描ける。星座の線のつながりはきずなだろうか。地震の夜にこんな清冽に星空に出会うことができた。

ふいに息子が暗唱した。

「星があんなに美しいのも、目に見えない花が一つあるからなんだよ……」

「星の王子さまだね！」

すぐにわかった。息子の言葉でわたしはいっとき、大地震の恐怖を忘れた。

息子の障害を嘆くまい。

こんな時にこんなに適切に、わたしの好きな物語の一節を暗唱してもらえる。わたしは幸せ者だ。

この息子をまるごと受け止めよう。

一つの花がここにある。

＊

そして、

電気が復旧し、携帯が復旧した。充電した携帯にスイッチをいれた時目にしたのは、今まで受けたこともないほどの夥しい数のわたし宛のメールであった。心配してくれている友人、知人、親戚の人たちだった。

「連絡つかないので心配しています」

「無事を祈っている」

「だいじょうぶ」

「わたしになにができますか」

文字がにじむと思ったら、それはわたしが泣いているのだった。さらさらと暖かななみだが頬をつたう。

夫が四十代で亡くなり、それから数年後のことだった。なにかにつけて違和感を抱いてきた息子の言葉や思考、動作、友人関係、コミュニケーションの取り方。それらが初めてアスペルガー症候群という障害のせいだということが分かった。わたしはひとり身構えた。

息子のためにと社会資源の充実した「都会」の仙台への転居を決意した。夜逃げのようなあわただしい転居だった。

ある意味では捨ててきた友人、知人、親戚であった。息子の障害の衝撃に耐えるため、わたしは心を閉ざした。わたしの気持ちは誰にも分かってもらえないだろう。安易なぐさめなどいらない。誰も知らない「都会」へ。

しかし今、ひとはこの大震災に遭遇した母子を真摯に心配し、心を痛めてくれている。わたしが自分から断ち切ったきずななのに、ひとはそのきずなを切らずにいてくれた。わたしが望んだときにはいつでも元通りになるからね、と暗黙のメッセージを残してくれていた。息子の障害が分かったとき、いっとき「死」も頭を過ぎったことだった。しかし、この大地震で母子ふたり生かされたのだ。

生かされた命。生き抜かなければ。

わたしはひとりぼっちではない。そしてわたしは息子とふたりぼっちでもない。

地震がわたしにそれを教えてくれた。

＊

そして、

水道が復旧した。

コップにあふれるほどに水をくみ、息子とふたり乾杯した。

馴染んだうちの水だ。馴染んだ生活の一部が戻ってきた。悦びでじっとしていられなかった。わたしは洗濯をし掃除を始めた。

床をふき、窓をふき、食器や鍋を洗い直し、トイレを磨き、洗面台を光らせた。

洗濯物が物干し台にひるがえったときの心弾む思い。取り込んでたたむときの清潔な香り。久しく忘れていたことだった。

その夜、布団に横になり洗濯したシーツやカバーにくるまれながら、生き抜く力が改めてわいてきたことを感じた。

わたしという個人に生き抜く力がみなぎると、きっとこの国にもそれが反映される。そう思う。

＊

そして、
都市ガスが復旧した。
昼にもかかわらず、風呂を沸かした。

湯船につかり、身体を洗い、髪を洗った。身体が爽快になると心が爽快になる。

電気や水道や都市ガスを復旧させるため、どれだけの人が尽力してくれたことか。家にガスの復旧にきてくれた人は西部ガスの人だった。

全国から駆けつけてきてくれたボランティアの人たちのありがたさ。

わたしの日常生活を戻してくれた人たちのなかには、地震で被害を受けた人もいるだろうに、何ごともないように、ほほえみながら仕事をしていた。ほほえみはほほえみを呼ぶ。

生き抜く力を与えてくれた人たちである。

＊

そして、
商店が元通り営業するまで。
被災したわたしたちは日常品を買うために、ただほほえみを浮かべて整然と行列に並んだ。
あの時わたしたちは大きなひとつの家族のようであった。いたわりあい励ましあった。

あの列はあの夜の天の川のような列だった。

わたしも息子も、そして他の人びとも「目に見えない一つの花」を見つけたのだ。いや、みんなが一つの花だったのだ。

これから先、わたしたちはなにができる？

一つ一つの花が今も、問いかけをしている。

新しい時代の創造と人間力
——不安の遺産には「和のこころ」で

佐藤　大

相談電話が鳴った。臨床心理士という専門的技術を広く提供しようと思い立ち、一昨年秋から仕事の空き時間を利用して、無料で電話カウンセリングのサービスを始めたのだ。パソコンが不得手な私がブログなるものを開設し、そこにサービス開始の記事を載せた後、自分の専門分野である臨床心理学の知識を生かした情報記事を書き続けた。

無名の一個人が思い付きで始めたカウンセリングサービスなど、最初は誰も利用せず、ブログの記事を閲覧する人もほぼいない状態で、せっかく空けた時間も電話一本かかってこないまま虚しく過ぎ、生活に役立つ心理学をわかりやすく解説して書いた情報記事も、何のために書いているのか自問しているような心境だった。

そんな状況が一変したのは、東日本大震災が起きて一週間くらい経った頃のことだった。無料で提供する電話カウンセリングの時間に、ひっきりなしに電話がかかってくるようになったのだ。内容は震災による恐怖や不安の訴え、そしてそれ以上に多かったのは、原発事故による激しいパニックを伴った怯えの相談だった。それらの相談は被災地の方からよりも、首都圏に住む方からが圧倒的に多かった。この事実は相談の受け手である私にとって複雑な感情を呼び起こした。

私たち精神医療に携わる者にとって、当時のマスコミの扇動的で見当違いな報道の在り方は非常に問題であると感じられた。震災後も常に揺れているような感覚がするという錯覚を、識者と言われる人が「地震酔い」だと勝手にネーミングしたことにも心中穏やかではいられなかった。おおよそ、当時マスコミで発言する、いわゆる「識者」「学者」の言論には眉をひそめるものが多かったように思う。つまり、インターネットで何でも調べられる情報化社会と言っても、「正確な知識」の伝達という点における脆弱性が露見したのだ。テレビ局の大震災の映像の垂れ流しに関しては、私たち精神医療に携わる者から、精神症状を悪化させるので「見ないように」と注意を喚起した程である。

そして次に露見したのは、自己を含めた対象喪失における絶対的有限性への直面である。科学の発展やマスメディアの情報支配、あるいは革命的発展を遂げるＩＴの急速な進歩により、魔法の夢が叶ったかのような全能感に支配され、いつの間にか私たちの中にあるべきはずの基本的有限感覚が希薄なものとなっていた。テレビゲームの中では平気で殺戮が行なわれる。つまり、人間の情報伝達の80％を占める視覚に入ってくるバーチャルで無機質な世界が、私たちが本来立脚している現実世界に取って代わったのである。

そんな非現実から目を覚まさせたのが、東日本大震災という未曽有の天災であり、人類史上に突き付けられた「ＦＵＫＵＳＨＩＭＡ」という人災による原発問題である。日本は世界で二度の被爆を経験した唯一無二の国であることも忘れてはならない。

多くの尊い生命が奪われたばかりか、後世にまで不安の遺産を残してしまうことになった。しかしながら同時に、私たちはこのことによって、自分自身が現実に感じる怖れや痛みに直面する契機にもなった。もはやそれはバーチャルな世界において無感覚でいられる状態とは正反対のことだ。対象喪失の悲哀に触れ、私たちがいつの間にか陥っていた全能感が幻であったこと、主体として受ける恐怖・不安といった感情体験により、人間の絶対的有限性に立ち返ったのだ。その実証となる一要因が相談電話のパンク状態である。

日本人の誰もが「地震酔い」などといった造語ではなく、「急性ストレス障害」（ASD）に罹ったのである。つまり、大震災と原発事故という生命が脅かされるような出来事に遭遇し、強いショックを被ったことにより、身体症状や精神症状が生起したのだ。それは一般的には「生死に関わるようなトラウマ体験により発症する一過性のストレス反応」と言われている。おおよそ四週間以内に自然治癒する場合が多いのだが、それを過ぎても症状が続く場合は「心的外傷後ストレス障害」（PTSD）の可能性がある。さらにそれが続くと「うつ病」にまで発展する恐れがある。

日本において「心的外傷後ストレス障害」（PTSD）と、その中心要素である「トラウマ」という専門用語が一般に知れ渡ったのは、一九九五年の「阪神・淡路大震災」と「地下鉄サリン事件」が発端になった。それ以後、待ったなしの出来事による心のケアの在り方が本格的に研究されるようになった。マスコミの報道では、この疾病のことを「心の異常」と表現していたが、それはたいへんな誤りである。これは「異常な状況における正常な反応」である。これらの誤った情報伝達の現状を見ても、いかにこの情報過多の社会において「正確な知識」が不足しており、理解が貧困であるかということが窺われる。私はブログを通して「心的外傷後ストレス障害」（ＰＴＳＤ）の情報発信をすると同時に、ストレスの発散の仕方やリラクゼーション法の技術も書き綴った。対象喪失における「喪の作業」についても解説した。

さて、相談電話が息つく暇もなくかかってくる状況で私が感じたことは、相談者が自分の不安を解消したいとする問題解決策よりも、受容的に自分の話を聴いてくれる人の声を求めているという印象だった。最初は焦燥感に駆られ涙声だったのが、相手に寄り添う気持ちで応答していると、次第に声のトーンが落ち着いてきて少し笑みが混じるようになる。つまり、現代というバーチャルが席巻している時代において原点回帰のような現象が起こり、人は「生身の人間とのつながり」を欲するようになったのだと思った。

そのことは後に、「絆」というその年を代表する漢字や、「人とのつながり」といった合言葉にも通じるところがある。被災地へボランティアが大挙したことも日本人本来の気高くもやさしい「魂」の現われだと思う。

ただし、「絆」や「人とのつながり」が見直され、その象徴的な出来事として、震災後、いわゆる「震災婚」が相次ぎ、幸せの座標として「家族」を挙げる人が増えてきたが、これは一種の錯覚だと断っておく必要がある。

「昔ながらの家族がいい」という気分が若い人々に浸透しているようだが、私たちは家族のしがらみから逃れようと、核家族や一人暮らしでも不自由のない社会を望んできた。これに伴い地域力が弱まり、子育てや介護など、家族に求められる責任が増したという歴史がある。実際、心理臨床の現場では家族問題で悩み、相談に来る人が非常に多い。だから、一概に家族関係が濃密になることがいいとは言い切れない。重要なのは、一人ひとりが心理的にある程度自立することなのである。

ショーペンハウエルの寓話をモチーフにしたフロイトの「山あらしジレンマ」を回避するため、現代思想のいわゆるスキゾフレニックな生き方を望み、程よい距離で対象と付き合うという「人とのつながり」を模索してきた私たちは、今、「ウィーク・タイズ」（緩いつながり）を心地よいと感じている。夫婦、親子、男女、お互いが親しくなり、近づき合えば合うほど利害関係も密接になり、二者のエゴイズム（山あらしのトゲ）が相手を傷つけ、憎しみ合う感情も強まってゆくという愛と憎しみの相反する気持ちの心理的葛藤を、私たちは無意識に避けたいと感じている。

だからこそ、私の始めた電話カウンセリングというツールが人々から求められたのかもしれない。声を交わすことはできるが顔を合わせなくてもよく、名前を言わず匿名で結構、相談内容は守秘義務によって口外されることはなく、ましてや無料だということが好まれたのかもしれない。

建築物を見れば、西洋の寺院は周囲から孤立するように天空へ向かって垂直に建築されている。一方、日本の神社やお寺は周囲の自然と調和するように横へ伸びた平面状に建築されている。これは「西洋の精神性」と「東洋の精神性」の在り方の違いを現わしている。私たち日本人の精神性は「人とのつながり」「絆」あるいは「調和」を尊重した「和のこころ」を有している。本来、日本人は伝統的に「個人主義」ではなく、周囲と「調和」する精神性を持ち合わせ、その距離感を程よく「調節」する能力に長けた国民性を持った世界でも稀有な存在だと言えなくもない。

今後、私たちの「人とのつながり」の在り方は昔とは違ったものとなるだろう。けれども、日本人の「和のこころ」といった精神性を考えれば、それは必ずや「血の通ったもの」になると信じている。そしてその「つながり」こそが人類の先駆けとなり、東日本大震災や原発事故という前代未聞の国難を乗り切る日本の「たくましさ」になると思う。日本は「支援社会」に変わろうとしている。それは個々のエゴイズムを超えた日本人の「価値観」や「魂」が形作る未来の人類の明るい道標となるであろう。

今、私にできることとは、自分の専門性を生かし、電話カウンセリングを続けてゆくことだ。大河の一滴だが、そうした個々人の献身が積み重なれば大きな力となるに違いない。その先に何が見えてくるかわからない。とはいえ、私は日本の未来を信じる。日本人の「人間力」を信じる。日本人が世代を超え、「和のこころ」をもって叡智を寄せ合えば、必ずや希望の未来が創造され、新しい時代が切り拓かれると信じる。

私は日本が好きだ。日本人であることを誇りに思っている。だから、私はやるべきことをやり、日本の後世にバトンをつなげてゆきたいと思う。

終章にかえて　日本が〝生き抜く力〟

——今、大学人として、私ができること

日本が〝生き抜く力〟
――今、大学人として、私ができること

お茶の水女子大学副学長　耳塚　寛明

二〇一一年三月一一日一四時四六分、私は勤務先である東京文京区のお茶の水女子大学にいた。

東日本大震災以来、国立大学に在職する者としていったいなにをしたらよいのか、なにをすべきかを考え続けた。とはいえ、三月一一日からしばらくの間は被災地に思いを馳せる以前に、お茶の水女子大学それ自身に関わってなすべきことが山積していた。被災地とは被害を比べるべくもないが、それでも本学も被災していたためである。

◇三月一一日

第一に入試業務である。大震災は国立大学後期日程入学試験の前日のできごとだった。

当日夜は、都内の公共交通網が機能を停止していたため、約五百人の帰宅難民（私自身そうだった）に食料、水、寝具等を提供しながら、翌日の試験実施に必要な試験監督者の確保や試験場の安全確認に追われた。試験当日には空路、新幹線を中心として交通機関が復旧していなかったため、受験生（親子）に学生寮の空き室を提供するという業務も発生した。

大学の施設設備の被災状況の調査と復旧も新学期を控えて喫緊の課題だった。さいわい施設設備の破損等は小規模にとどまったが（それでも復旧の必要額は一千万円を超えた）、大学ならではの被害を受けた。文系学科を中心に大量の図書がラックから落下したのである。本が落ちただけとはいえ、各学科に設けられた図書室は小さな図書館にほかならない。膨大な図書を分類基準に沿って収納し直すために、図書配架の専門業者が相当日数を要した。

学生及び保護者の安否確認をする必要もあった。春休み中であったので郷里に帰っていた学生もあった。最終的には、東北プラス茨城県出身（あるいは在住）の学生に一人一人電話をかけて安否を確認した。さいわい住居全半壊に見舞われた学生があったものの、命を奪われた学生は一人もいなかった。胸をなで下ろした。被災学生への支援制度を独自に作ることにした。新入学生や被災学生に対して、入学手続きの延長、入学金・授業料の徴収猶予、減免措置について連絡をし周知を行った。また新入生について入学行事への出席確認を行い、入試と同様入学式ほか入学関連行事についても、延期せずに予定通り実施することにした。学内には、入試中止、入学式延期という声もあったが、本学は状況調査の上ですべて予定通り実施した。当時は、こういうときだからこそ実施可能なことは予定通り淡々と実施する、それが大学の使命を果たすことにつながるという暗黙の指針が共有されていたように思う。

これらの一連の業務のほか、被災学生への一時見舞金の支給、被災の状況に応じた被災学生支援制度の設置と支援金の提供などなすべき仕事は山積していた。

◇中長期的な取り組み

これらをこなすことは、「国立大学としていったいなにをしたらよいのか、なにをすべきか」という問いに対する答えの一部であり、大学人としての私がなすべきことの一部ではあったけれども、すべてではありえない。被災地支援についての中長期的な取り組みを欠いているからである。ではどんな取り組みをなすべきか。大学でなくてはできない支援、大学が取り組むべき被災地支援という「領域」がたしかにあるはずである。そのため、私はとりあえず、〝土地勘〟を得るため被災地へ直接赴くことにした。

二〇一一年九月初旬、私は同僚教員と事務職員とで、震災後半年を経過した被災地を訪れた。二つの教育委員会（市と町）と公立高校一校にアポを取って訪問した。被災地は被災によって物理的な距離がいっそう大きくなった。新幹線の最寄り駅から目的地までの公共の足が乏しい。レンタカーを借り、また現地出身の教員のご家族に道案内を依頼することにした。ご家族による掛け値なしの真心に頭が下がった。

目的地に至る車窓からの風景は、テレビや新聞報道で見ていたはずの風景とは違った。山間の川沿いに運ばれた幾艘ものボートは、いまは見えない津波が実在し、そこまで押し寄せたことを教える。ビルの屋上に不自然に持ち上げられたまま放置された自動車は津波の圧倒的な底力を教える。岡の上にあって破壊された家屋は津波の高さを教える。そして辺り一面鉄筋建築以外のすべてが流された町の風景に、そこに住み生活していた人々のいまを想像した。住居跡の床に残された自転車のチェーンを目にしたとき、想像力に蓋をしようと思った。軒並み倒された電信柱のがれきの中で、いま立っている地面が水底であったことを知り、波にのまれる轟音を聞いた。想像力に蓋をすることなどできなかった。

被災地を訪問することが逆に迷惑になってはいけない。当たり前のことだが気を遣った。平時のルーティンに加え復興の仕事に追われることになった現場は多忙を極める。ただ、お話を伺う時間だけはなんとか下さらないかと無理なお願いをした。高校も教育委員会も願いに応じて下さった。

短い意見交換を踏まえ、「被災地支援の指針」を作った。

○被災地のニーズに合致した効果的支援であること
○大学が組織として行う支援であり、大学ならではの、また本学の特性を生かした支援であること
○中長期的な展望のもとに、息の長い計画的な支援を行うこと
○学生が参加する場合は、ボランタリーな意志を尊重し、安全を図るとともに、学生の

成長に資する支援を行うこと
等がその内容である。
その後、いくつかの被災自治体との間で、包括的な被災地支援に関する協定書を取り交わし、理科教育支援などの具体的支援や研究がスタートした。現地のニーズに合致した、大学ならではの支援を末永く続けていければと願う。

◇大学本来の使命を果たすこと

ただ、大震災に際して大学がなにをなすべきかをあらためて考えてみると、必ずしも支援プロジェクトだけが重要というわけではない。もっとも優先すべき重要な原則は、「大学本来のミッションを果たす」ことにつきる。本学の場合であれば社会に貢献する卓越した女性人材の養成を、淡々と、行うことである。

今回のような大震災に際し、人々が社会に貢献する方法には種々あり得る。大震災自体を防ぐ術を追求する研究人材、その被害を最小限にとどめる防災人材、被災地を助ける支援人材、立ち直りと町作りを進める復興人材。それに、人々と語り癒すことのできるコミュニケーション人材や、間接的ではあるが、人々の心を豊かにすることに長けた教養人材も不可欠である。そしてそれらすべての人材に共通して、対応すべき優先課題を自ら発見し、解決に向けた効果的計画や処方箋を考案し、他者と協働しときには折り合いながら、効率的に実行する力を備えてほしい。それは、津波の襲来時のように瞬時に必要となる力であると同時に、より広くまた長期的な視野の下で息長く必要となる力でもある。こうした多岐にわたる人材を育てることが教育機関のミッションにほかならない。大学の使命もそこにある。それゆえ、たとえ震災直後であっても、大学本来のミッションを忠実に果たすことこそが最優先課題なのである。

むろん、とりあえず緊急避難的に、ボランティアとして学生たちが被災地支援に赴く（あるいはそれを大学が支援する）のは尊く、かつ被災地のニーズにも合致するので、これを奨励すべきである。ただし、緊急避難的ボランティアの必要性が大学本来のミッションの重要性を凌ぐことはない。ボランティアもけっこうであるが、学生たちには、一人一人が未来の自分を思い描いて、いまの彼女たちではできない、もっと大きな貢献のできる人間になるにはどうしたらよいかを考え、そのことに時間を使ってほしいと思う。

大学人としての私がいまできることは、それを支援することに尽きる。

入賞論文執筆者一覧

〈掲載順〉

鹿角昌平（かつの しょうへい） 34歳 長野県 「ネットの海が繋いだ人の心」

武田義之（たけだ よしゆき） 70歳 宮城県 「避難所で見つけた互助」

塩崎蓉子（しおざき ようこ） 66歳 北海道 「先人と絆を結ぼう」

井川 遥（いがわ はるか） 18歳 茨城県 「被災地から被災地へ」

高信径介（たかのぶ けいすけ） 26歳 北海道 「死にたくなったら、旅に出よう」

長野和夫（ながの かずお） 69歳 東京都 「名産は、笑顔、あいさつ、思いやり」

栗原小巻（くりはら こまき） 41歳 東京都 「一期一会の中で見つけた人生の輝き」

長谷川登美（はせがわ とみ） 63歳 宮城県 「人のためが自分のためだった」

奈良玲子（なら れいこ） 46歳 千葉県 「イランより『同胞よ、我々は日本を諦めない』」

大久保光子（おおくぼ みつこ） 57歳 新潟県 「目薬は心の薬」

菊地史子（きくち ふみこ）73歳 宮城県「三文字の『どうぞ』こそ心の接着剤」

小関秀昌（おぜき ひでまさ）50歳 大阪府「太陽の下を胸を張って歩く勇気」

岩沢潤一郎（いわさわ じゅんいちろう）65歳 宮城県「大災害を乗り越える力とは――人間本来の姿」

築地祥世（つきじ さちよ）17歳 神奈川県「善意の連鎖」

柴田幸恵（しばた ゆきえ）48歳 東京都「互助から共創へ
――『結』の慣習が繋げる〝遠距離介護〟」

行徳真理（ぎょうとく まり）41歳 福岡県「明日へ続くこれからの生き方の基礎」

齋藤万里恵（さいとう まりえ）19歳 宮城県「心の復興は心を寄せることから」

根本進一（ねもと しんいち）63歳 栃木県「英語で発信
――定年後に〝飽きない〟商い（生き方）に挑戦」

加藤正雄（かとう まさお）61歳 愛知県「教師（大人）が伸びれば子どもも伸びる」

神田和子（かんだ かずこ）66歳 宮城県「花の問いかけ」

佐藤　大（さとう だい）49歳 埼玉県「新しい時代の創造と人間力
――不安の遺産には『和のこころ』で」

あとがき

東日本を襲った未曾有の震災から一年半が過ぎ、徐々に復興しつつある日本ではありますが、「震災から学んだこと」を忘れないために後世に伝え、語り継いでいくことが大切だと考え、今回、「日本が〝生き抜く力〟―今、私ができること」と題して、論文募集を行いました。応募数は一九八編と例年より少なかったものの、読み応えのある作品が多く寄せられました。

ところで、皆様の中には、震災当初、マスコミのインタビューに微笑んで答えている被災者の姿を記憶している方がいらっしゃるかと思います。

外国人は、この微笑みを不可解に思われるかもしれませんが、私は、逆境によって乱された心の平衡を取り戻そうとする、気高く、美しい日本人の姿として受け止めています。生の感情をあからさまに人前に出すことを恥と考えるのは、「武士道」に通じるといえるかもしれません。

また、一方では、深い悲しい出来事に対し、「笑い」を交えることによって、現実と向き合うことができるようにと、震災一カ月目から川柳を詠んだ南三陸町の人々がいました。津波で、家族も家も流されるという災難に遭いながらも、自分たちで笑いを求め、絆を強めていった日本人がいたことは、私たちの誇りです。

本書が、昔から受け継いできた日本のよさを見直す契機になるとともに、たくましく、そして頼もしく「生き抜く力」の糧になることを願ってやみません。

なお、論文の選考にあたりましては、左記の方々に審査をお願いいたしました。ご協力に対し心から感謝申しあげます。また、この懸賞論文に三十四年間も、携わってくださいました山田雄一明治大学名誉教授が、本年の課題決定会議に出席された後、まもなくしてご逝去されたため、誠に残念ながら審査に加わることができませんでした。山田先生の長年のご尽力に深謝するとともに、ご冥福をお祈り申しあげる次第です。

（敬称略　五十音順）

石井　威望（東京大学・名誉教授）
小笠原英司（明治大学・大学院長）

工藤　秀幸（麗澤大学・名誉教授）
小松　章（武蔵野大学政治経済学部・教授）
耳塚　寛明（お茶の水女子大学・副学長）
森　隆夫（お茶の水女子大学・名誉教授　日本教育文化研究所・所長）

さらに、豊富な経験に基づいて本書の支柱ともいうべき序章を執筆された森隆夫先生、「終章にかえて」の原稿をお寄せくださいました耳塚寛明先生に対しまして、重ねて御礼申しあげます。

また、財団の事業活動に平素から深い理解を示され、本書の出版にあたってその労をとってくださった株式会社ぎょうせいの方々に対し謝意を表します。

平成二十四年十月

公益財団法人　北野生涯教育振興会
理事長　**北野重子**

公益財団法人北野生涯教育振興会　概要

設立の趣旨

昭和五十年六月、スタンレー電気株式会社の創業者北野隆春の私財提供により、生涯教育の振興を図る目的で文部省（現文部科学省）の認可を得て発足し、平成二十二年十二月に公益財団法人として認定されました。

当財団は、学びたいという心を持っている方々がいつでも・どこでも・だれでも学べる体制をつくるために、時代が求める諸事業を展開して、より豊かな生きがいづくりのお役に立つことをめざしています。

既刊図書

○「私の生涯教育実践シリーズ」

『人生にリハーサルはない』（昭和55年　産業能率大学出版部）
『私の生きがい』（昭和56年　知道出版）
『四十では遅すぎる』（昭和57年　知道出版）

『祖父母が語る孫教育』（昭和58年　ぎょうせい）
『笑いある居間から築こう　親子の絆』（昭和59年　ぎょうせい）
『人生の転機に考える』（昭和60年　ぎょうせい）
『こうすればよかった――経験から学ぶ人生の心得』（昭和61年　ぎょうせい）
『永遠の若さを求めて』（昭和62年　ぎょうせい）
『人生を易《か》えた友情』（昭和63年　ぎょうせい）
『旅は学習――千里の知見、万巻の書』（平成元年　ぎょうせい）
『おもいやり――沈黙の愛』（平成2年　ぎょうせい）
『豊かな個性――男らしさ・女らしさ・人間らしさ』（平成3年　ぎょうせい）
『心と健康――メンタルヘルスの処方箋』（平成4年　ぎょうせい）
『心の遺産――親から学び、子に教える』（平成5年　ぎょうせい）
『ともに生きる――自己実現のアクセル』（平成6年　ぎょうせい）
『育自学のすすめ――汝自身を知れ』（平成7年　ぎょうせい）
『日本人に欠けるもの――五常の道』（平成8年　ぎょうせい）
『豊かさの虚と実』（平成9年　ぎょうせい）
『わが家の教え』（平成10年　ぎょうせい）
『日本人の品性』（平成11年　ぎょうせい）
『21世紀に語る夢』（平成12年　ぎょうせい）

『私が癒されたとき』（平成13年　ぎょうせい）
『出会いはドラマ』（平成14年　ぎょうせい）
『道――歩き方、人さまざま』（平成15年　ぎょうせい）
『光――照らす、心・人生・時代』（平成16年　ぎょうせい）
『夢――実現した原動力』（平成17年　ぎょうせい）
『志――社会への思いやり』（平成18年　ぎょうせい）
『心の絆――命を紡ぐ』（平成19年　ぎょうせい）
『家庭は「心の庭」』（平成20年　ぎょうせい）
『家訓――我が家のマニフェスト』（平成21年　ぎょうせい）
『食満腹　心空腹――わが家の食卓では…』（平成22年　ぎょうせい）
『私の望む日本――行動する私』（平成23年　ぎょうせい）
○『生涯教育図書一〇一選』（昭和61年　ぎょうせい）
○『生涯教育関係文献目録』（昭和61年　財団法人北野生涯教育振興会）
○『社会人のための大学・短大聴講生ガイド』（昭和63年　ぎょうせい）
○『大学院・大学・短大・社会人入試ガイド』（平成3年　ぎょうせい）
○『新・生涯教育図書一〇一選』（平成4年　ぎょうせい）

所在地　〒一五三―〇〇五三　東京都目黒区五本木一丁目一二番一六号
電　話　（〇三）三七一一―一一一一　**ＦＡＸ**　（〇三）三七一一―一七七五

【監修者・編者紹介】

公益財団法人 北野生涯教育振興会

1975年６月、スタンレー電気株式会社の創業者北野隆春の私財提供により、文部省（現文部科学省）の認可を得て設立。2010年12月公益財団法人に認定。我が国で最初に生涯教育と名のついた財団法人。毎年、生涯教育に関係のある身近な関心事を課題にとりあげ、論文・エッセー募集を行い、入賞作品集を「私の生涯教育実践シリーズ」として刊行している。本書はシリーズ33冊目となる。（※財団概要は本書219～221頁でも紹介）

森　隆夫（もり たかお）

東京大学卒。フランクフルト大学留学（DAAD、フムボルト財団）、国立教育研究所を経てお茶の水女子大学教授、附属小学校長（併任）、文教育学部長、大学院人間文化研究科長等を歴任。中央教育審議会委員等を務めた。現在、お茶の水女子大学名誉教授。著書は『著作集　教育の扉（全15巻）』『生涯発達教育論』『校長室の知恵』（ぎょうせい）など多数。

耳塚寛明（みみづか ひろあき）

東京大学大学院教育学研究科博士課程単位取得退学。東京大学助手、国立教育研究所研究員を経てお茶の水女子大学教授。現在、国立大学法人お茶の水女子大学理事・副学長。専攻は教育社会学。主な編著に、『学力とトランジッションの危機 —閉ざされた大人への道』（金子書房）など。

私の生涯教育実践シリーズ '12

日本が〝生き抜く力〟——今、私ができること

2012年11月10日　初版発行

監修者　**公益財団法人 北野生涯教育振興会**

編　者　**森　隆夫**
耳塚寛明

印　刷　株式会社　ぎょうせい
本社　東京都中央区銀座７-４-12（〒104-0061）
本部　東京都江東区新木場１-18-11（〒136-8575）
電話番号　営業　03-6892-6666
フリーコール　0120-953-431

〈検印省略〉　URL　http://gyosei.jp

印刷／ぎょうせいデジタル株式会社

ISBN978-4-324-80059-1（5563645-00-000）［略号：日本が生き抜く力］